Peripecias

Maria
Barbal

Peripecias

Maria Barbal

Traducción de Rosa María Prats de la Iglesia

Ediciones Destino
Colección Áncora y Delfín
Volumen 1682

Título original: *Peripècies*

Ediciones Destino, un sello editorial de Editorial Planeta, S. A.
Avda. Diagonal, 662-664, 08034 Barcelona (España)
www.planetadelibros.com
www.edestino.es

Primera edición: febrero de 2025
ISBN: 978-84-233-6689-7
Depósito legal: B. 23.011-2024
Composición: Realización Planeta
Impresión y encuadernación: Arteos Digital, S. L.
Printed in Spain - Impreso en España

Primera parte

I

Anton no hacía mucho caso a aquellos que parecían más inteligentes o fuertes que él.

Le había cerrado la puerta en las narices a Ferran, su hermano, cuatro años más joven, quien insistía en escuchar música en el cuarto donde él se encontraba. Si lo hubiera dejado pasar, su madre y Lolín habrían echado de menos al pequeño y se habría descubierto que él no estaba estudiando. La noticia habría llegado a su padre. Ferran le había dirigido una mirada triste que había apenado a Anton, pero él sabía que su hermano salía airoso de todo, le daba veinte mil vueltas en el día a día. Abrió *El proceso* de Kafka y, oculto en parte por el grueso volumen de Derecho Penal, se puso a leer.

Sonaba muy bajito *Bridge Over Troubled Water* de Simon & Garfunkel. Iba tomando notas hasta que apartó el libro y se puso a escribir. Hacía un rato que llovía, aunque Anton, inmerso en el ambiente cálido de la habitación, solo había oído la lluvia cuando una palabra se le había resistido. El intento de escribir el mundo, lo que conocía y lo que imaginaba, era su pasión. La dificultad le suponía un reto y lo que venía a continuación lo llevaba a investigar los actos de las personas, transformadas en personajes, sus porqués, a menudo incomprensibles de entrada, el rastro de eso tan simple y complejo al mismo tiempo, la marca de los pasos que seguían en el camino diverso de cada vida. Los minutos, disparados con silenciador, no habían dejado rastro y cuando él se volvió a levantar para abrir la puerta, con la seguridad de que debería mandar de nuevo a paseo al pesado de Ferran, que entonces la golpeaba con energía, se encontró muy de cerca con el robusto cuerpo de su padre, un palmo más alto que él.

—Ven, acompáñame.

Llovía a cántaros y era un peso de conciencia dejar marchar a Lolín en autobús hacia el barrio de Poble Nou. Anton había captado cómo su padre, receloso, fijaba la vista por encima de su hombro para mirar los libros de la mesa. Antes de salir por la puerta del piso, su hermano le sacó la lengua.

Anton Bellart no entendía qué pintaba él en

aquel coche, más allá de obedecer al capricho de su padre, pero se cobijó en el asiento trasero y apoyó la cabeza en el cristal de la ventanilla, que de tanta agua como caía fuera parecía una fuente plana y no dejaba ver casi nada. La mayor parte del recorrido se produjo en silencio.

Finalmente, el chico abrió el amplio paraguas negro, recogió a Lolín en el asiento de delante y la acompañó a la entrada de su casa, en la calle Lutxana. Mientras la mujer todavía se deshacía en palabras de agradecimiento, Anton observó que la puerta que Lolín iba a abrir era muy estrecha. Después de devolver el paraguas de su padre a los pies de los asientos traseros, el chico se sentó junto a él y entonces, por fin, tuvo la clara sensación de que estaba atrapado. No podría dejarlo fácilmente con la palabra en la boca, como habían terminado las últimas conversaciones sobre la carrera y la empresa familiar, diciéndole que ya hablarían con más tiempo. Pero parecía que en esa ocasión su padre no tenía prisa. Se detuvo frente a un pequeño restaurante de la calle de Llúria y le dijo:

—Mira, hoy tú y yo cenaremos como si fuésemos dos amigos.

Aquella cena para los dos solos fue agradable, una tregua en su desacuerdo. Cada uno tenía ganas de contentar al otro y había habido, por parte del padre, un trato inusual, como si Anton ya fuera un adulto. Este le había hablado de la estirpe de la familia Bellart, que procedía de los abuelos de él y de Ferran. Y el eslabón siguiente que los unía era el de él y Montserrat, «tu madre», dijo, como si el hijo no pudiera entenderle. Anton sabía que le hablaba de una vida ya establecida en la que no contaban sus sueños o deseos, su inclinación. Solo contemplaba una sana y confortable continuidad, la satisfacción de representar un lazo fuerte del deseo o de la necesidad de alguien que había iniciado una cadena generaciones atrás. Por su parte, el chico creía que el padre se resistía a aceptar la nueva crisis del textil y, también, que se había hecho una idea de la carrera de abogado que no correspondía a lo que esperaba para asegurar la supervivencia de la fábrica. Le resultaba imposible decirle que él no se veía tratando de ajustar las leyes *escritas* a la realidad. Anton le habría disgustado. Tras un aparente intercambio comunicativo, ambos se fueron a dormir bajo el techo familiar. El padre, animado; el hijo, inquieto. La lluvia había cesado.

Al día siguiente, sin proponérselo, Anton seguiría fijándose en sus compañeros y profesores, en cómo eran y cómo reaccionaban, de la misma manera que, sin proponérselo, había estado atento a Ferran y a sus padres, a las personas que conocía, como Lolín, y a las que se encontraba por la calle y dentro del autobús. De esas impresiones flotaba un ensimismamiento que, viniendo del mundo, lo apartaba de la vida diaria sin que Anton hubiera dado permiso. Su mente se distraía en fabulaciones que, exigentes, insistían en presentarse de nuevo hasta que con ellas tejía una escena o más de una y, con tiempo, las haría terminar en una carcajada, en un interrogante, en una sonrisa inteligente de quien leyera lo que él escribía. De la vida diaria, mirada bajo la perspectiva de sus ojos inquietos, sujeta a su inteligencia liberada, habían nacido pequeñas historias.

En septiembre, Anton envió veinte cuentos a un premio literario. No se lo dijo a nadie, a excepción de la chica con la que hacía poco que salía, y, aun así, le había hecho prometer silencio total. Alícia era alumna de primero de Derecho. Como él, que estaba terminando la carrera, se había visto forzada por su familia a matricularse y, como él, detestaba las clases de forma absoluta. Anton estaba convencido de que era el azar quien había hecho que Alícia, una estudiante de primer curso, le preguntara dónde quedaba la biblioteca de la facultad, justamente durante un rato libre en el que él faltaba a clase e iba a leer, a escribir. Habían simpatizado. Ella era alta y no muy delgada, cabellos rubios y lisos por encima de los hombros, ojos verdes. Iba muy bien vestida y tenía un ligero aire miope.

Cuando Anton le dijo a su familia que salían juntos no se dio el previsible enfrentamiento con su padre. Los Bellart tenían contacto con los Mata, algo que él ignoraba; unos tenían una fábrica textil y los padres de ella, de muebles. Anton intentaba marcar distancias con ambos núcleos familiares; sin embargo, a menudo se olía que ambas madres y ambos padres tenían estudiados los movimientos de la pareja y estaban dispuestos a dirigirlos en los años siguientes. Como contrapeso a la rutina diaria, Anton Bellart hacía días que había descubierto la lectura, que lo alejaba de todo y lo empujaba hacia su interior, a lo que realmente pensaba y sentía, a lo que de verdad le importaba.

Los cuentos hicieron que Alícia admirase al hijo de los Bellart. Cuando él le propuso leerlos, la chica saltó sorprendida diciendo que no sabía leer en catalán, que justo había empezado a hablarlo con él. En casa solo lo hablaban sus padres entre sí. Pero al final, Alícia se llevó el fajo de folios y abrió el original antes de irse a dormir. No pudo dejarlos. Descubría aspectos que habrían sido inimaginables en Anton unas pocas horas antes, admiraba la destreza de los diálogos, el humor descarado y una cierta elegancia. La había impresionado. Algún aspecto le resultaba inquietante, casi le desagradaba, pero estaba emocionada: ¡Anton era escritor! A partir de ese momento compartirían un magnífico secreto, esperaban juntos el veredicto. Al principio, Alícia lo había encontrado divertido. Su vida había estado tan fiscalizada hasta entonces que aquel hecho pronto le provocó euforia, como si se enrolara en una gran aventura.

Por aquellos extraños efectos que a veces se producen, los cuentos de Bellart, finalista, brillaron más que los de la autora ganadora, cuyo nombre era uno de los consagrados, y el hecho de no ser él conocido en el mundo literario parecía, en los medios, haberse convertido en la mayor virtud de su prosa. Sea como fuere, la magnífica alegría de que su recopilación, titulada *Élite*, resultara editada lo llevaría pronto a una serie de entrevistas en la prensa, en las emisoras de radio, a la firma de ejemplares, a una reedición y a una propuesta de nuevo libro con el adelanto de una cantidad. Entonces, por fin, tuvo la fuerza para enfrentarse a su padre.

Anton le dijo que no quería ejercer de abogado, pero que, si en algún momento la familia lo necesitaba en la fábrica, haría todo lo posible para ayudar y que no padeciera, que acabaría la carrera, aunque la decisión estaba tomada: quería dedicarse a escribir. El padre respondió que un colaborador a ratos no era lo que necesitaba. Necesitaba a una persona de toda confianza que latiera cada día con el pulso de la fábrica, como hacía él y habían hecho antes todos los hombres de la familia y también Montserrat, su madre. Le dijo también que estaba sorprendido de que alguien leyera lo que él escribía, en cierto modo aquel hecho lo enorgullecía, pero que, le avisaba, a la larga no tendría una buena vida: se moriría de hambre, ya que, en vez de una elección como es debido, quería escoger una vida bohemia. Hizo una pausa y, mientras tanto, Anton entendió que su padre le pronosticaba una mala vida.

El hijo le hizo saber al señor Bellart las propuestas laborales que había recibido. En realidad, se resumían en el dinero del avance de derechos de autor, una cantidad para el siguiente libro y un artículo semanal para un periódico de tirada media, pero Anton lo adornó un poco con las posibilidades que presagiaban. Entonces ocurrió algo insólito. El padre, más alto y robusto que él, se dejó caer en un sillón. Anton comprobó que, por primera vez, no le levantaba la voz, como cuando antes discutían. El hombre se había quedado como si un cubo de agua fría le hubiera resbalado por encima de su piel de empresario y le hubiese dejado el pensamiento encharcado.

El notable triunfo literario y el cambio de vida hacían que Anton se deslizara de culo por aquel tobogán, como si fuera un niño, y así se trasladaba de la editorial a una librería, o desde la radio al periódico, donde le pagaban por hacer lo que más le gustaba. En aquel tiempo de jovencísimo y brillante finalista, la línea esbelta y elegante de su espalda, el pelo liso, que llevaba muy corto, la cara agraciada, de ojos castaños tan expresivos como su boca, el talante afable, una nariz un poco grande, atraía las miradas como un campo de pétalos abierto a las abejas.

Alícia lo acompañaba a todas partes. La chica abandonó de repente la carrera y nadie le dio demasiada importancia. Al fin y al cabo, nunca le había interesado la abogacía. Al cabo de unos meses, movida por una prisa desacostumbrada en ella, había comenzado los preparativos para casarse con el heredero de los Bellart. Todas las personas de su entorno, familia, amigas, parecían entender al cien por cien los cambios en su vida.

Anton había dejado que la ceremonia y el convite fueran del agrado de las mujeres: la futura suegra, la novia y la madre. Fue a comulgar a la iglesia de Sant Gregori Taumaturg, cerca del Turó Park, donde vivían los Mata, tras un asedio de días de su pareja. Para Alícia, la religión contaba. Le costó un poco entender que no iba en broma cuando la chica le decía que era necesario. Al final, cansado de oponerse, pensó que en el fondo no era asunto suyo. Comulgaría. Nada de aquello le importaba. Ni tampoco lo que venía a continuación: Alícia, de blanco y de rosa, el almuerzo en el Club de Polo, donde Anton recibió constantes sonrisas de sorpresa admirada cuando lo presentaban como novio, alguien que trabajaba como escritor de ficción, y los comentarios consiguientes y que le daban tanta rabia, como si dedicarse a escribir cuentos fuera, para algunas personas, ponerse en una acera a cantar con un sombrero en los pies para las monedas. Padres y suegros confiaban totalmente en que Anton sentaría la cabeza y no tardaría en trabajar en la fábrica. Los Bellart dejaron a la pareja un piso de su propiedad en la calle València cerca de Enric Granados, no lejos de donde ellos vivían. Los suegros del escritor habían pagado las reformas que a su hija le habían parecido necesarias y les habían regalado los muebles. Había resultado un ambiente de cortinas blancas y sofás de tonalidad melocotón claro. En conjunto, dulcemente romántico y poco práctico.

En los primeros tiempos, todo era estar juntos, Alícia y Anton, casi todo. Dormían juntos, desayunaban juntos, hacían planes para el día a día. A menudo, entraban en las librerías a mirar si estaba el libro de él, contaban sus ejemplares, se fijaban en si alguien cogía uno y leía las solapas o la contracubierta. Incluso si él se documentaba para escribir un artículo o un cuento, Alícia iba con su marido; únicamente no lo acompañaba si él participaba en una reunión. Los tonos lisos y claros de la chica traspasaban cada uno de los ámbitos por donde Anton se movía y su mundo se adornaba de materia esponjosa como nubes blancas.

Anton leía en los periódicos opiniones sobre su libro donde la dulzura de los comentarios positivos se mezclaba con la hiel de un conflicto magno: las fábricas cambiaban de rumbo o cerraban sus puertas, lo que él exponía en los artículos. Un solo crítico, Abel Gallardo, había tratado sus cuentos con desprecio, algo que le había herido y que no comprendía. El editor le había dicho a Anton que aquel tipo debía escribir sus propios cuentos y que sin duda había valorado *Élite* como la obra de un competidor; lo que no le dijo fue que se había presentado a la misma convocatoria del premio que él bajo un seudónimo. De nuevo, le aconsejó, sobre todo, pasarse a la novela, pero Anton ya había resuelto encerrarse a escribir cuentos de cuatro a siete de la tarde y le dijo a Alícia que en ese rato no se le podía distraer.

Salían a cenar fuera, al cine, al teatro. En solitario, Alícia se encargaba de algún trabajo de documentación para él, decía que le apetecía. Cuando el escritor tenía que hablar de su libro, ella estaba allí, rubia y delicada, seria, vestida siempre con ropa cara, lánguida y de tonalidades claras. Se veía importante, en primera fila, recibiendo las gentilezas reservadas a la mujer del protagonista, a la vez que ahuyentaba a las mosconas que, según le parecía, la repasaban con la intención de clavarle sus envidiosos aguijones. Luego, Anton y Alícia se despedían y salían rodeados de una estela vaporosa, diáfana. Al poco, el editor, Eduard Catín, movió los hilos y facilitó que a Anton le propusieran un artículo semanal en el diario de mayor difusión de la ciudad. Ya eran dos. La inquietud por escribirlos lo alteró una temporada hasta dejarlo insomne y fuera de la cama marital; después, fue haciendo crecer un método y lo practicaba, siempre recién levantado, antes de desayunar.

Los artículos, la documentación, las tres horas diarias escribiendo, las actividades relacionadas con su libro finalista se enlazaban en eslabones variados, a menudo con ritmo febril, y la asignatura de Derecho siempre quedaba para el final, cuando ya estaba cansado, había llegado la hora de cenar con Alícia o tenía demasiado sueño para estudiar. También, cuando quedaba tan solo una noche de domingo por agotar, un umbral amable desde el que el pensamiento se abría ya a la semana de escritor, un futuro inquietante, prometedor.

Eduard Catín le había comentado que las novelas funcionaban mejor que los cuentos. Llegaban a más lectores y, según le dijo guiñándole un ojo, se ganaba más dinero. Anton se encontraba como pez en el agua con los cuentos y no tenía intención de moverse de ahí hasta que se estancó en uno de ellos. El texto le pedía más palabras cuando él ya lo creía terminado. Y después de esas palabras, aún otras. Sin ser consciente de lo que le ocurría, empezó a hacer esquemas del argumento y fichas de los personajes. Las palabras brotaban sin descanso, de una forma ajetreada. Al cabo de unos días se dio cuenta de que había empezado una novela. Se lo dijo a Alícia, pero no quería hablar con nadie más hasta que asomara del todo y asegurarse de ello; por tanto, le pidió silencio absoluto sobre ese tema.

Un tiempo después de su triunfo como finalista, antes de saber que Anton tenía una novela entre manos, el editor le pidió hacer la presentación de la obra de una autora de la casa; Catín debía viajar aquellos días. Para hacerle un favor y porque le apetecía, Anton se pasó tres horas o más ingeniando una teoría en la que analizaba la obra de Sílvia Cors. Fue muy aplaudido. La autora, una mujer interesante, se mostró agradecida. Lo invitó a cenar.

Mientras comían, Anton le habló de la novela que tenía iniciada, de cómo la hacía crecer, incrédulo aún de su estirón de principiante. Pero también cómo, al día siguiente, él mismo la podaba, la erosionaba y hasta la agrietaba para ponerse de nuevo a repararla. Era un proceso hacia arriba seguido de otro de derribo que le sorprendía y lo tenía cautivado.

Sílvia Cors, que unos pocos años antes, cuando tenía la edad de Anton Bellart, había luchado por darse a conocer y desde entonces había conseguido hacerse un modesto espacio, un público reducido pero fiel, le demostraba interés. Anton no había hablado del libro de ella del todo bien, pero conversando con él, Sílvia descubría una cierta ingenuidad y no la prepotencia que a menudo tienen los autores principiantes, que era lo que había pensado mientras lo escuchaba durante la presentación. Cors correspondió a las confidencias literarias de él explicándole cómo había avanzado en las dificultades de su última novela. De repente, Anton supo de un camino narrativo que él no conocía y que quería explorar. Se dieron el teléfono y quedaron en que otro día continuarían la conversación. El Bellart novelista llegó a casa antes de las once y Alícia ya dormía. Aun así, se puso a escribir y descubrió que el acceso a la estructura del tronco y las ramas, lo que la Cors le había apuntado, podía convertirse en un filón. Se acostó sobre las cuatro de la madrugada.

Por la mañana, Alícia estaba de morros.

A veces el editor lo llamaba para proporcionarle experiencias, ideas para los artículos, decía que un escritor necesita vivir de la forma más variada posible. Le recomendaba la época de la transición a la democracia, que había llenado de promesas el ambiente y donde él veía un gran paisaje literario, todavía casi virgen. Anton se fijó en la palabra *paisaje*. Esa vez el editor le proponía encontrarse en un bar especial que, seguramente, le aportaría un buen tema. Anton le dijo que no le venía bien, tenía una novela entre manos, y entonces Eduard soltó un grito de alegría y le dijo que ya escribiría al día siguiente, que debían verse.

Tomaron un whisky en la barra y Eduard lo presentó a dos señores como el mejor escritor del momento, después lo invitó a cenar. Pese a que el editor se lo desaconsejó, él llamó a Alícia, que lo esperaba en casa, y cuando Anton dijo que era una cena de trabajo con Catín, que había adivinado que había una novela a la vista y que tenía ganas de hablar con él, ella le colgó.

Se incorporó a la mesa con expresión de desencanto.

—Mañana mismo te espero en la editorial con la parte del original que ya has escrito.

A Anton Bellart no le valió de nada decir que le faltaba mucho para terminarla.

—Piensa que esta noche no podré dormir imaginándomela. Desde que sé que está tu suegro retratado en ella, tengo claro que la novela será un bombazo. Voy a pensar en la promoción, pero la haremos con la ayuda de tu mujer. Escúchame bien, tienes que mantenerte firme, es fundamental. Si eres amable y claudicas, ella pensará que eres culpable. Ya me entiendes, nada de explicaciones. Además, de cara a la novela, nos interesa que, ¿cómo se llama?, ¡ah sí!, Alícia, que ella esté enfadada.

Anton callaba y sonreía. Era interesante ver

cómo aquel hombre, que tenía bastantes años más que él, enfocaba la vida, es decir, todo lo que le preocupaba a él. Circulaba el rumor de que la mujer de Eduard, entonces una editora de prestigio, lo había dejado porque él flirteaba con una autora de la casa, una amiga de ambos, pero él no se lo creía. Entonces Catín estaba separado y, según decía, vivía libre y tranquilo.

Mientras comían unos canapés con sabor a anchoa hablaron de política. Eduard rebajó las expectativas que él mismo había tenido sobre la democracia.

—Todos estos políticos eran buena gente, de lo mejor del país, pero la concordia no duró porque lo que tenían en común era demasiado poco para no caer en la bronca política. ¡Poderoso caballero es don Dinero!

Soltó una risa cavernosa antes de contarle que, en 1975, cuando él era muy joven, pensaba que todo sería más fácil. En ese momento en el que se agrietaba la dictadura, que había durado cuarenta años, él había creído que al día siguiente todo sería mucho mejor y le dijo que le gustaba celebrar la fecha del 20 de noviembre. Cada año invitaba a sus amigos y conocidos a una fiesta, cuya fecha ya podía apuntarse en su agenda. Bellart se preguntaba cuándo tendría él la seguridad que demostraba Eduard Catín sobre determinados temas. Por otra parte, le pareció un nostálgico de una etapa importante, pero que, de alguna manera, había fracasado. Un instante de silencio hizo de puente hacia el tema familiar. El editor había captado la bronca de la esposa del escritor.

—Mira, llevo cinco años separado y han sido los mejores de la edad adulta. Vivo tranquilo y cuando me falta una mujer, me la busco. A veces vienen solas, hay muchas interesadas por la literatura, ¡ya lo verás! ¿Quieres que llame a un par?

Catín se rio de nuevo con ese ruido de tuberías atascadas que Anton ya reconocía como un rasgo distintivo del editor. Miró el reloj y sonrió. Eran las doce y media.

—¡Prefiero irme a dormir!

Pero entonces, su admirado Catín siguió bebiendo, escalando unos pisos sobre la botella de Rioja que se acababan de beber, con vasitos de whisky que quería que él probara. El escritor notó el mareo dentro del coche y tuvo que detener a Eduard, que, sorprendentemente, parecía sereno. En vez de reírse o reconfortarlo con una palabra, le dijo:

—¡Quién fuera como tú! ¡Incluso echo de menos las vomitonas!

Anton no estaba para jeroglíficos. Cuando llegó a casa, todavía mareado, no se acostó en la cama de matrimonio. Sin darse ni cuenta, se echó a dormir en el sofá, tan claro que se manchaba con solo mirarlo.

Al día siguiente, Alícia no se conformó con las explicaciones de su marido y encontró dos manchas en el sofá que olían mal. No se creía que hubiera cenado solo con el editor y que hubiesen hablado de literatura.

—Eduard es un depravado y, si quieres hacerme caso, no le entregues la novela hasta que esté acabada ni salgas con él.

Ella quería leerla antes, como había hecho con los cuentos, le preocupaba lo que él le había dicho, que se había basado en algunos temas de la familia.

Anton llamó a la editorial y dejó el mensaje. Estaba enfermo.

Cuando un mes más tarde, después de comer, dejó los folios frente a Alícia en una mesita baja, descubrió que ella tenía los ojos cerrados. Estaba sentada en la mecedora. Le retiró el pelo y la besó en el cuello, en los labios. Al cabo de unas cuantas caricias, ella abrió los ojos y él se le sentó en las rodillas con las piernas a ambos lados de la blanca falda y empezó a desabrochar los pequeños botones del cuerpo del vestido, adornado con puntillas.

—Amor mío, estoy cansada, ¡tengo sueño!

—¡He llegado al final de la novela! —dijo él en un intento de seguir abrazándola—. Deberíamos celebrarlo.

—¡Ah!, déjala aquí, que la leeré.

Anton había ido a casa de sus padres, su madre le había telefoneado. Montserrat informó a sus hijos de que, si no querían cerrar la fábrica, tenían que reducir gastos, y eso representaba despedir a buena parte de los trabajadores, algunos de ellos antiguos. El padre sufría un gran disgusto, se le veía muy cansado. Intentarían continuar como fuera, pero parecía que la crisis iba a durar.

Mostrando una vez más su fortaleza, el hermano del escritor, Ferran, se había matriculado en la facultad de Económicas. Como si aquel hecho aflojase la espera que el padre sostenía en silencio contra su manera de vivir, el escritor respiró y al mismo tiempo supo que se convertía en el eterno deudor del tributo familiar, la eterna decepción. Desde que había publicado el libro y escribía artículos, el padre había dejado de hablarle de la fábrica, pero le dirigía una mirada bañada de interrogación perpleja, como si, al empezar la representación de la obra, luces apagadas, hubiera descubierto que se había equivocado de teatro. Anton creía que ya no esperaba de él ninguna respuesta y él no había sido capaz de aprobar la última asignatura de la carrera.

Muchos años más tarde, Anton Bellart se convencería de que todo lo que dejaba inacabado se convertía en un lastre que, cuando quería avanzar, le hacía tambalearse.

2

De repente, la vida de Anton cambió de nuevo. Alícia estaba embarazada. El escritor no lo esperaba, pero era normal, a su mujer no le parecía moral tomar precauciones para evitar quedarse preñada. Madres, padres, familia toda, se mostraban exultantes con la buena nueva. Mientras al anochecer ella miraba catálogos de bebés a la luz de la lámpara, toda blanca, él, de vez en cuando, levantaba la mirada por encima del periódico abierto y la observaba con curiosidad. La atmósfera que rodeaba a la chica tímida y callada de la facultad estaba llena de nubes con sol de tarde: el dorado del pelo, la piel levemente enrojecida. Anton se interrogaba sobre ella sin darse cuenta, como si no la conociera.

Él y Eduard Catín se veían a menudo. De vez en cuando, el editor le hacía encargos.

—¡Quiero que cargues esto con munición!

Eduard solía utilizar esa frase cuando quería que alguien, Anton Bellart, pongamos por caso, leyera un original de otro autor con el fin de encontrar dónde tensarlo para que el texto no se convirtiera en un suflé en momentos bajos. A cambio del favor, el editor le regalaba libros, lo alababa ante otros como una promesa que debía salvar la miseria creativa del país, recomendaba su libro de cuentos con vehemencia y lo trataba en la intimidad como un escritor consagrado. Así pues, Anton le respondía siempre que sí cuando Eduard le telefoneaba para retocar un original carente de nervio o largo en exceso. Pese al tiempo que le dedicaba, le gustaban aquellos encargos, aprendía, aunque más le habría valido otro artículo periodístico bien pagado.

Anton había detectado que los padres de Alícia ingresaban dinero en la cuenta que la pareja tenía a nombre de ambos, aunque ella no le había dicho nada. Era uno de los temas que el escritor quería tratar con su mujer, tenía muchos, y el económico no estaba entre los más importantes. Ella parecía vivir en el universo de las embarazadas. Él estaba en el mundo de los escritores. Mientras el cuerpo se le hinchaba y se volvía pesado, la mente de Alícia se entretenía leyendo revistas sobre la gestación y la lactancia, sobre recuperar la figura después del parto, mientras a Anton los días se le pasaban volando. Las semanas, más.

Un día, después de comer, justo antes de encerrarse a escribir, Anton le preguntó a Alícia si había tenido tiempo de leer el original.

—Al día siguiente de dármelo ya lo había leído.

—Pero ¿por qué no me has dicho nada?

—¿Qué harías tú si yo me propusiera publicar un bodrio donde hay un personaje que es una burla de tu padre?

Él no había tenido tiempo de sentarse, como pretendía. Ella había dicho «bodrio» así, con todas las letras, en un tono arrogante, el de quien ha elegido de antemano un dardo para dispararlo en la ocasión más propicia. Anton también se quedó callado. Entonces, Alícia rompió a llorar. Unas lágrimas ovales resbalaban por su piel, en aquellos momentos abiertamente roja. Sus labios soltaban una cadena de suspiros descomunales.

Por fin, serena del todo, habló, pero no de la novela, sino del tema del dinero que él no ganaba, de la carrera que él no terminaba, esa que debía proporcionarle un trabajo digno para sostener a su familia, podía seguir escribiendo como un hobby, en las horas libres, ¿no? Anton apenas escuchaba, no podía quitarse de la cabeza que Alícia hubiera reconocido a su propio padre como protagonista chapucero de la novela. Pero ¿cómo se le había ocurrido la palabra *bodrio*? De repente, dijo:

—¿Quién más la ha leído?

Ella parpadeó con las pestañas húmedas, y entonces volvió a ser la chica hermosa que había atraído a Anton.

—¿Y qué importa eso?

No lo negó. Para ella, mentir era pecado. Al escritor solo le quedaba saber quién era el pecador, aunque no hacía falta que se lo dijeran. La madre de Alícia debía de haber disfrutado por dentro, era evidente que menospreciaba a su marido, aunque, por el contrario, seguro que se puso como una furia ante su hija.

En lugar de responderle, su mujer guardó silencio, como si todos los temas hubieran sido abordados y resueltos. Entonces, las mejillas de un rosa intenso y los ojos empapados, todo junto, la cara decantada hacia la luz que entraba por el balcón, dejaba a Anton en el lado de dentro, como si lo cubriera una sombra. Él se le acercó y le dio un beso por sorpresa; ella apretó los labios y saltó de la mecedora como si fuera a ser atacada.

Él devolvió a su sitio la silla donde había pensado sentarse para hablar y dejó de invitar a la mesa de la tormenta a su tema urgente, las relaciones de pareja. Mientras iba hacia el despacho, el escritor le soltó:

—¡Pues con ese bodrio ganaré dinero! ¡Ya puedes decirles a tus padres que se metan donde quieran lo que nos ingresan!

—¡Y yo te denunciaré por haber insultado a mi padre!

Montserrat le telefoneó. Le pidió a Anton que fuera a verla solo, nada más fácil. El escritor se veía venir un sermón por el tema matrimonial, sin duda existía alguna filtración de Alícia o de la suegra. Pero su madre le dijo que su padre estaba enfermo y ya no se podría hacer cargo de la fábrica. Solo podrían salvarla si entre los tres se arremangaban, si sacrificaban algo de su vida para cedérsela a quienes los habían sostenido todos esos años. Esta era su opinión.

—¿Tres?

—Tú, Ferran y yo.

—Pero ¿qué le pasa a papá?

—Se desorienta. Le digo algo y luego no se acuerda. Ha sido el encargado quien nos ha avisado, pero en casa hace días que lo noto raro, distinto.

—¿Estás segura de que no exageras?

—¡Compruébalo tú mismo!

—¿Qué podría hacer yo?

—Dedicar unas horas semanales a la empresa.

—¡Cuenta con ello! Ahora tengo que pasar por la editorial a recoger unos papeles y, cuando me digas, empiezo.

—Tenemos que hablar con tu hermano. No sé si Alícia podría contribuir.

—Debería pensarlo..., pero está muy centrada en el embarazo.

Eduard salió a recibirlo. Lo abrazó delante mismo de la recepcionista.

—¡Cojonuda! ¡En serio, magnífica! Con dos o tres pinceladas puedes redondearla y, venga, la presentas a un premio importante. Ya miraremos cuál te conviene más.

—¡Hombre...!

—Pero yo te recomiendo que ensombrezcas las tintas con las que has dibujado a ambos empresarios y que los personajes femeninos sean aún más extremados. En una palabra, más pava una, y la otra, más arpía.

Cuando ya en su estudio abrió el original, recuperado de las manos del editor, encontró notas de Eduard escritas con rotulador negro grueso, comentarios como «¡más caña!», «¡bravo!», «¡dale fuerza!», etc.

Lo revisó con paciencia, procurando hacerlo cuando Alícia no estaba en casa, aunque ella ni se acercaba al estudio si Anton estaba allí, la mayoría de los días comía con sus padres o con alguna amiga, iba a las visitas ginecológicas con su madre y después a comprar. Gastaba. El escritor temía que si ella hubiera abierto la puerta del despacho mientras estaba inmerso en ese argumento, se habría sentido fatal. Porque desde el día en que habían comentado la novela, parecía haberse abierto entre ambos un canal de agua veloz y helada.

Eduard lo tranquilizó. Era inviable una denuncia contra un texto de ficción con nombres, lugares y circunstancias distintas de las reales, aunque confesó a Anton que, en tanto que editor, estaba muy interesado en la publicidad que Alícia podía dar al libro por la vía de un escándalo.

—¡Deberíamos estudiarlo!

Sin apenas darse cuenta, el editor hizo que el escritor soltara todo lo que llevaba dentro sobre la situación con la mujer.

—Justo ahora que estamos a punto de tener una criatura y que todo empieza a irme bien.

—Justo ahora, porque todo empieza a irte bien y ella ya no se siente imprescindible. ¿Cuánto tiempo hace que no...?

Se rio fuerte cuando vio la cara de Anton. La

carcajada era cascada y, obviando un curso grueso de agua domesticada, se deshacía en meandros de tos.

—No hace falta que respondas, piensa que antes de fraile..., ya lo sabes, ¿no?

—Sí, has sido cocinero.

Òscar iba por su segundo mes de vida. El deslumbrante efecto de ser padre de un nuevo ser se había desvanecido en el escritor. También habían mermado las visitas de familiares y amigos. Alícia ya tenía un gran cajón lleno de patucos, baberos y jerséis azul celeste. Anton vio desaparecer paulatinamente los envoltorios y los lazos, los ramos de flores. Tan solo quedaron a la vista las plantas de interior, una amaranta, una *poinsettia*, decorando cada estancia excepto el estudio. Al primer gesto de Alícia para colocar una allí, el escritor se había negado en redondo, torpe, haciendo un poco demasiado ruido.

Al cabo de unas semanas, él intentó una aproximación, pero ella se alejó de palabra. «Tengo sueño», «estoy cansada», «el niño está a punto de despertarse»... eran algunos estribillos de la misma canción. También se alejó de obra, como si Anton tuviera pulgas. El escritor le preguntó a su esposa:

—¡Piénsatelo bien, tu rechazo, después de aquella boda frente al cura, es pecado!

Ese mismo día, él compró un sofá cama y lo puso en el estudio. Tenía su orgullo. De vez en cuando iba a ver a su hijo, a la cuna, a la bañera, cuando le oía llorar. El escritor podía cantar o decir palabras dulces al niño, y Alícia, muy seria, callaba, parecía concentrada vigilándolos. Como si de un momento a otro el escritor fuera a estropear el acto paternal y cambiarlo por uno criminal.

Cuando ya tenía la novela revisada, en especial los personajes —unos empresarios que se enriquecen a expensas de explotar trabajadores, uno que engaña a su mujer y otro que solo vive para el negocio, todo con el trasfondo de una huelga salvaje—, Anton le dijo a Alícia que se la volviera a leer. Había cambiado algunos aspectos que identificaban claramente a su suegro y su propio padre con los protagonistas.

—Si tú me dices que te ofende, yo no la publicaré.

Entonces la agarró y le dio un largo beso durante el cual ella no pudo moverse. Pero cuando ya pudieron respirar, Alícia se había deshecho del abrazo.

—¡Hablaremos por la noche!

En sus pálidos labios apuntaba una sonrisa.

Antes de salir de casa, Anton vio su manuscrito sobre la cómoda, de un beige pálido, ese mueble que era un centro en la atención de ella, donde estaba toda la ropa de Òscar. Él tenía que hablar en una biblioteca y, antes de ir, se ponía nervioso, aunque sabía que, pasados los cinco primeros minutos, se encontraba como pez en el agua.

Aquella tarde entró con impulso por una puerta pesada, se presentó a dos bibliotecarias, que no se lo habían imaginado tan joven y, mientras lo escuchaban, sonreían de forma juguetona. Ellas también eran jóvenes.

Mientras hablaba, las cabezas de las personas del auditorio, noventa por ciento público femenino, iban asintiendo bajo sonrisas de distintos tamaños. Cuando acabó, hubo unos instantes de silencio y acto seguido, fuertes aplausos.

—¡Eres un gran comunicador! —oyó por encima de su cabeza mientras firmaba el último ejemplar.

Ante su vista apareció Eduard con dos mujeres de muy buen ver. Una era Sílvia Cors; a la otra, más joven y de aspecto delicado, no la conocía. El editor se la presentó como una secretaria que entendía mucho de literatura. Le guiñó un ojo. Sílvia vestía un conjunto de dos piezas de color rojo, falda estrecha y chaqueta corta, zapatos negros de altos tacones. Le sonreía mientras lo miraba fijamente. La joven llevaba un vestido ajustado de punto azul marino, y, a partir de las rodillas, unas piernas esbeltas terminadas en unos tacones medios y pies pequeños calzados en plateado. Ambas llevaban joyas modernas, parecía bisutería de calidad, y ninguno de ambos peinados pasaban inadvertidos. Sílvia Cors daba la impresión de haber madurado unos años con un recogido que acentuaba bellamente la mandíbula prominente y un óvalo de cara redondo que concentraba ojos, nariz y boca en la parte baja. La larga nuca de Francina Bieito exhibía un pelo rubio, muy corto, que en lo alto tenía un ligero volumen, del que se descolgaban un flequillo escalado y dos patillas laterales.

—Venga, recoge la pluma, que vamos a cenar.

Él no podía acompañarlos, se disculpó, pero accedió a tomar una copa con ellos. Ambas mujeres hablaban más que bien de su primer libro, de los cuentos. Competían con las preferencias de uno u otro título y explicaban sus razones. De vez en cuando, Eduard le lanzaba un guiño y a él no se le ocurría nada que decir. Las copas fueron tres, y después volvió el ruego de ir a cenar juntos con un formidable pellizco de Eduard en el brazo izquierdo del escritor.

—Mañana le haces un regalito y, si todavía está enfadada, ya se le pasará.

Cuando les sirvieron el primer plato, Anton se marchó. Llegó a casa a las diez y media. Alícia acababa de recoger la mesa.

—Lo siento. Al final ha venido el editor, quería hablar conmigo y, como siempre, me ha entretenido.

Entonces ella se puso a Òscar, que dormía, en el pecho. A pesar de estar sentada y él de pie, lo miró desde cierta altura sin responder. Él fue a la cocina, donde se acababa de enfriar una buena cena. Puso la mesa y esperó a que ella acabase de alimentar al niño, a pesar de que este dormitaba mientras mamaba, que le cambiara y que le cantara para dormirle cuando ya estaba en el segundo sueño. Anton calentó dos veces la dorada al horno con patatas y sonrió a su mujer cuando ella por fin se dirigió a la mesa.

—Debes de estar agotada.

—Nada de Òscar me cansa.

Ese inicio de conversación sonaba a final. Cenaron casi en silencio. Ordenaron los cacharros en la cocina y Anton le pidió a Alícia que dejase los platos para el día siguiente y se fue a la cama. En la quietud de las sábanas pasaban por su pensamiento las imágenes de las dos mujeres y de Eduard, las palabras aduladoras y bienhumoradas, la barrila alegre, el instinto del deseo a punto de hacerse placer. Sílvia Cors estaba realmente atractiva y Eduard no parecía perder ocasión para halagarla. Luego se concretaron en una sola imagen: las piernas de Francina, esa finura salida de unos zapatos de princesa y que se adivinaba creciente. Se durmió.

Cuando, después de dejar la cocina como una patena e ir a ver al pequeño, ella se tumbó junto a Anton, él se despertó y se agarró a su cintura y la besó en el cuello. Alícia dijo:

—No puedo más, mañana hablamos.

Anton había comprado una pulsera de oro no muy gruesa, era carísima, y la dejó junto al plato de su mujer. Al sentarse, ella abrió la cajita y sonrió a su marido, que la miraba con expresión alegre e interrogante. Dijo «gracias» y devolvió la pulsera a la caja. Después de comer, Alícia le comunicó que la novela de ningún modo le parecía publicable. Ella reconocía a sus padres y a los de él. Creía que sería un enorme escándalo, que les podría traer muchos disgustos.

—¡Pero si tu padre no lee!

—Ya se lo contará alguien. Y si no fuera así, nada cambia.

—¡Mira, es una ficción montada sobre una pizca de realidad! Estos personajes tan solo se parecen a nuestros padres porque son empresarios, poco más.

—¡No me digas eso!

—De acuerdo. No la publicaré, pero ¿te parece ahora mejor escrita? —La palabra *bodrio* todavía le golpeaba de vez en cuando en la cabeza.

Alícia se había levantado y se había acercado a la cuna. Se quedó mirando a Òscar. Anton fue hacia ella, le puso las manos en los hombros y le besó el cuello.

—¿Qué? ¿Nos echamos una siesta?

—¡Tengo que llamar a mi madre!

—Pero ¿qué más quieres?, ¿no te das cuenta del sacrificio que hago?

—Solo te digo que he quedado en llamarla.

—¿Para decirle que esté tranquila, que no verá ningún trapo de casa expuesto?

—¿Ves cómo es verdad? ¿Ves cómo te has basado en lo que te han contado de nuestra familia?

—No me han contado nada. ¡Solo lo he visto!

Sonó el teléfono. Era el editor. Estaba fuera de sí porque había recibido la nota donde Anton le decía que, para salvar su matrimonio, no presentaría la novela a ningún premio y ni siquiera pensaba publicarla.

—Dile a tu mujer que se ponga, quiero hablar con ella.

—Es para ti —dijo Anton levantando el aparato hacia Alícia.

Antes de cruzar la puerta, oyó como ella colgaba el auricular y exclamaba.

—¡Pervertido!

3

El día de la concesión de los premios de la Nit de Santa Llúcia, el escritor entró en el hotel donde se celebraba después de comer con cuatro coñacs. Iba dejado y sin peinar. Eduard lo rescató antes de que ningún periodista lo reconociera. Se lo llevó a unos grandes almacenes y lo vistió y calzó. También insistió en comprarle ropa interior.

—Hoy empiezas una carrera triunfante y tienes que sentirte un hombre nuevo.

Dentro del probador, Anton se sentó y puso la cabeza entre las manos. Le volvía la visión del capazo en el asiento trasero del coche de su suegra. Alícia ni lo había mirado cuando, en un intento absurdo, él había ido a abrir la puerta del coche, que ya había arrancado. Aquel bebé, de quien se había sentido distanciado porque era tan pequeño que tocarlo le daba angustia o no sabía qué, ahora se alejaba y dejaba un boquete en su interior. ¿Se convertiría en un extraño para él? Se amparó en el tronco de un plátano carcomido. Desde allí miró la calle pensando que debía sentirse ridículo, pero la extraña situación, en realidad, lo había convertido en forastero allí donde llevaba poco tiempo viviendo. Solo forastero. Subió al piso y se bebió la primera copa de coñac.

Eduard sudó para encontrar a alguien que, en ese mismo momento, acortara los bajos del pantalón del escritor a cambio de una buena propina. No tenían tiempo de ir al barbero, preguntó por los servicios y arrastró a Anton, que no decía nada. El editor mojó el peine que siempre llevaba en un bolsillo interior de la americana y alisó el pelo rebelde del escritor, necesitaba cortárselo. El otro estuvo todo el rato apoyando cada mano en una punta del lavabo con cara de pocos amigos. De repente corrió hacia el inodoro y la liberación se saldó con dos manchas en la camisa recién estrenada. Eduard mojó su pañuelo y se las limpió. Después se deshizo de este y, tras mirarse en el espejo, también del peine.

Cuando volvieron a entrar en el hotel, se veía mucha gente, las mesas estaban casi todas ocupadas y Eduard sentó a Anton delante de una tarjeta con su nombre, después de presentárselo a una pareja y a un señor mayor que estaban ya sentados frente a él. El escritor leyó la tarjeta en el asiento de su derecha. Ponía señora de Bellart. La levantó y, con las dos manos, la rompió en pequeños trozos que dejó sobre el plato mientras el hombre de la pareja no le quitaba los ojos de encima. Después, cogió un panecillo de un plato pequeño, le dio un pellizco y se lo comió muy despacio. A la salida de los grandes almacenes, el editor le había dicho que lo que le dolía, fuera lo que fuese, se curaría. En cambio, aquella noche todavía estaba por vivir y creía que la guardaría en la memoria durante años, y que, con el tiempo, aun encontrándose como se encontraba, la añoraría. Hablaba como un oráculo y él había querido reírse, pero la barca que le navegaba en el estómago le había provocado una oleada agria en la boca.

—Ponte bueno enseguida y, si tenemos suerte, haz un discurso irónico y elegante.

Se sentaron a la mesa dos personas sobre la cincuentena, mujer y hombre, y saludaron. Entonces apareció la chica de las piernas de seda, Francina Bieito, y ocupó el lugar que había tenido el cartelito de la señora Bellart. La mesa de Anton estaba completa. La joven vestía pantalón negro y una blusa de cuadros brillantes, grises y negros, del tamaño aproximado de los de un tablero de ajedrez. A los pies llevaba los mismos zapatos plateados que Anton le había visto el primer día.

La promoción de la novela premiada y de la finalista se realizaba conjuntamente. Anton se encontró viajando junto a un autor de sesenta años, Robert Pontís, que representaba un valor literario consolidado dentro del país. El joven se sentía absolutamente incómodo a su lado y, a todas luces, el otro al de él. Sobre todo, durante las entrevistas conjuntas, en la televisión y en las radios. El autor consagrado, de la generación del padre de Anton, respondía a las preguntas de forma precisa y serena, reflexionada; Anton Bellart, por su parte, debía responder siempre a la misma pregunta: qué pensaba sobre que, a su edad, hubiera obtenido un premio tan importante. Él se salía del guion y provocaba risas a los periodistas. En la propuesta, hecha por separado, de presentar cada uno el libro del otro, ambos habían estado de acuerdo.

—No.

—No.

Ahora bien, la maquinaria había empezado a rodar y les tocaba viajar, hacerse fotos y comer juntos. Eduard los acompañaba y hacía de puente, pero solo pudo estar allí en algo más de la mitad de las ocasiones. En el resto de los desplazamientos, Francina Bieito sustituyó al editor. Los guiaba e introducía en los lugares donde se les esperaba para firmar ejemplares y hablar de sus respectivos libros. Ella, consciente o no, trataba al escritor de mayor edad como si fuera una momia egipcia secundaria y a Anton, como un joven faraón recién ascendido al trono.

Cuando les quedaban tan solo tres actos de promoción, Francina cogió la gripe y la madre de Eduard fue ingresada en el hospital. Robert Pontís no conducía desde un desgraciado accidente de coche en su juventud. El editor pidió a Anton que condujera él. Debían viajar a Girona. Pese a que acababa de hablar con el abogado de la familia de Alícia, que le informó de que su mujer quería el divorcio, aceptó conducir.

En la Meridiana se encontraron con un control policial. Había una manifestación de obreros del textil que protestaban por el cierre de empresas y los continuos despidos. La velocidad de los coches fue menguando hasta que se detuvieron del todo. Ganador y finalista, que hasta entonces habían intercambiado un saludo y un comentario sobre la temperatura, se quedaron callados. En vez de ir al barbero, Anton se había dejado crecer el pelo, se movía en el asiento, tocaba el volante, el freno de mano, refunfuñaba. Por fin, un policía que le observaba le hizo aparcar y abrir el portaequipajes. Al ver tantos paquetes, el de uniforme se puso en alerta y Anton Bellart, más nervioso. Entonces, Robert Pontís le dijo «Espera y no digas nada», bajó con su carnet en la mano y explicó con sencillez la situación. Desgarró una tapa de cartón frente al policía y mostró un ejemplar de su libro, el nombre coincidente con el del carnet. Después de abrir cada una de las cajas y ver aparecer libros, un policía dijo:

—Pueden continuar.

Permanecieron callados un buen rato. Luego Anton habló.

—Tengo un hijo y no me dejan verlo.

El otro volvió la cabeza para observar a su compañero como si acabase de descubrir que no iba solo. Después le dijo muy serio que tenía derecho a verlo y que, si el hijo fuera de él, no renunciaría a ello por nada del mundo. A partir de ese momento tan solo mencionaron cuánto rato les faltaba y por dónde pasaban.

Llegaron algo tarde a la librería 22 de Girona y firmaron bastantes libros; cada uno, una cantidad de ejemplares similar a la del otro. Durante el viaje de regreso volvieron a hablar de trivialidades y algo de literatura.

Al día siguiente por la noche, después de un día difícil, Anton se leyó de un tirón la obra finalista, la que había quedado a un voto de la suya, la de su compañero de viaje de los últimos tiempos. Pensó que era un texto reposado, bellísimo, escrito con un estilo clásico, con chispas irónicas. Apenas durmió. Una multitud de sensaciones se le mezclaban y excitaban su mente. Cerró los ojos un rato y después se levantó para llamar a Eduard, pero sonó el timbre de la puerta y colgó para abrir. A pesar de la decepción —esperaba a Alícia y era su hermano—, lo abrazó y no lo soltaba, como si hiciera muchos años que no se hubieran visto.

Ferran Bellart pensó que Anton ya sabía lo que venía a decirle. Su madre debía haberlo telefoneado mientras él recorría el trayecto entre ambos pisos, aunque aquello no tenía sentido porque había sido ella quien le había pedido que fuera a informarle de viva voz, no le parecía bien hacerlo por teléfono. Antes de que el más joven de los hermanos se decidiera a hablar, el escritor le dijo que Alícia se había ido con el niño y que en casa de sus padres no le respondían cuando llamaba.

—¿Has hablado con mamá?

—No, ¿por qué?

Se sentaron y se callaron unos instantes. Por fin, Ferran habló.

—Esta mañana, papá ha salido de casa para ir al trabajo y no ha llegado. Han telefoneado a mamá y ella ha salido a buscarlo por los alrededores con el encargado. Por suerte lo han encontrado, ahora te lo cuento con detalle.

Anton lo escuchaba, comprendía qué decía, pero en vez de pensar en su padre, pensaba en su hermano, justo la persona que tenía delante. Veía en Ferran las mejores cualidades de los suyos. A él su mujer jamás lo dejaría. Se había hecho mayor y era más maduro que él, que tenía más años.

—¿Por qué no vienes a casa? Mamá estará más acompañada.

Cogió la cazadora y salieron juntos.

Anton había cumplido durante unos días el pacto de ir a la empresa familiar para echar una mano. La forma en que trabajaban allí no le convencía y les costó que el escritor aceptara sus razones, así se pasaron parte del tiempo que Anton dedicó a la empresa. Se sintieron aliviados cuando dejó de ir, justificándose por las muchas obligaciones que le habían caído encima después del premio. Ni siquiera pensó mucho más en la fábrica. Esperaba un buen momento para explicar la decisión de Alícia a la familia. Y ahora solo tenía un momento de los peores.

Su madre los recibió y cogió con un brazo a cada hermano. Anton se vio de pequeño posando para una foto, iniciando una reconciliación en la que su madre hacía de puente entre ambos, soplando los tres juntos las velas de cumpleaños.

—Estoy preocupada, pero nuestro médico nos ayudará. Me espera esta tarde y, si uno de vosotros puede acompañarme, mejor aún. Ahora viene, está en la sala.

—¡Quítate la cazadora, Anton! Y tú, ¿cómo estás?

Los tres avanzaban por el pasillo.

—¡Ahora hablaremos!

El padre los miró y enseguida les sonrió.

—¡Mira quién ha venido!

—¿Os quedáis a cenar?

—¡A comer! —dijo Anton.

El padre lo miró de forma interrogante. Anton esperaba que, de un momento a otro, le preguntara por Alícia, por el niño, por cómo iba el libro, pero se quedó sentado con esa nueva forma de contemplarlo todo. Al poco, lo acompañaron a su sitio en la mesa y comió bien, aunque no utilizó el cuchillo, como si no reconociera ese objeto, y Montserrat se levantó para cortarle los alimentos que lo requerían. Respondía a las preguntas directas que le hacían con sí o no. Había desconcierto en la mirada del padre, pero parecía contento. El escritor se reencontraba con la comida sencilla pero elaborada con cuidado. Él y Alícia apenas cocinaban, tan solo algún día para cenar. Anton miraba como un forastero el comedor donde había comido durante casi toda su vida. Le pareció haber vivido los últimos tiempos con demasiada prisa. Publicar el primer libro, casarse, tener un hijo, ganar un premio con la primera novela, y entonces venía iniciarse en la soledad en el piso de casado. Sin darse cuenta, se pasó las manos por los laterales de la cabeza, entre el pelo.

Cuando su madre fue a buscar el postre, Anton se levantó y la mirada de su padre lo siguió como si fuera a hablarle, pero no dijo nada. Él llamó a Eduard. No estaba. Le dejó el encargo de que no podría ir a las cuatro, quizá sí más tarde, que ya volvería a llamar. Cuando se sentó junto a su madre, ella lo miró.

—Alícia se ha ido de casa.

—Hablé con Elena.

—¡Ah!, ¡así que sabrás más que yo!

—Creo que sí. Han ido de viaje a Valencia, a ver a la abuela de tu mujer, está muy enferma.

—¡Ahora entiendo por qué no me respondían cuando telefoneaba a casa de mis suegros! Pero podía habérmelo dicho. ¿Por qué me castiga?

Ferran, que se había mantenido en silencio, dijo:

—Debes de estar dolido.

—Sí, pero lo que es peor, ¡me siento fracasado! ¿Por qué me casé? ¿Por qué hemos tenido un hijo?

Todos se callaron y la madre y el hermano de Anton miraron hacia el padre.

—Cuando éramos pequeños, ¿nos tenías siempre contigo?

Ferran se había sentado junto al padre, que entonces tenía los ojos cerrados, y Montserrat habló, pero no de cuando ellos eran pequeños. La mujer desgranaba una excusa con quietas palabras y un tono casi silente de voz. Había buscado una complicidad con esos amigos, los padres de Alícia. Por intereses familiares, propiciarían que ambos jóvenes se conocieran en la facultad de Derecho, y no quería esperar más a pedirle perdón. Anton, con la cabeza bien apoyada en el sofá, también cerró los ojos. Al poco, se había dormido.

4

Desde su silla del despacho, el editor Eduard Catín vio entrar al escritor. En aquellos días, con tan solo dos libros, él proporcionaba los beneficios más altos a la editorial. Parecía un desterrado, un paria. Barbudo, con una cazadora negra abierta y unos vaqueros viejos, una camiseta con una cara en el pecho. ¿Un bohemio? El editor se levantó y fue a abrazarlo diciéndole:

—¡Hola, guapo!

Tomándole un hombro con una mano se lo llevó.

—¡Tienes que ver qué preparamos para Sant Jordi!

En el departamento de publicidad, una frágil chica con grandes aros metálicos en cada oreja y el pelo muy corto desenrolló un póster con la portada de la novela, que tenía, arriba a la derecha, una foto suya donde incluso él se veía guapo. Destacaba el título, *Peripecia*. La chica sonreía tímidamente y miraba al editor como si temiera que algún aspecto del trabajo no le gustara.

De allí, Eduard Catín lo arrastró hasta localizar a la jefa de promoción, que lo puso al día del alud de peticiones de entrevistas y presentaciones en las ciudades más importantes del país.

—Y aún no ha terminado todo. ¡Ven conmigo!

Pasaron por delante de los diferentes departamentos y casi todo el mundo levantaba la vista hacia ellos, hacia el escritor de moda, hacia la estrella de los últimos días, y sonreían. Catín lo condujo a su despacho y, una vez dentro, cerró la puerta. Anton le dijo lo que hacía unas horas que le torturaba.

—¡Pero es que el libro de Pontís, *Aladas*, es mucho mejor que el mío!

—¡Ah! Está pasado de moda. Él ya tuvo su momento y, créeme, no se puede quejar, el segundo puesto le ha aireado la cuenta corriente.

—¿Cómo es posible que el jurado se decantara por mi novela?

Hablaban de pie. Cuando Anton iba a sentarse en la butaca que había frente a la gran mesa, el editor lo frenó e indicó su propio sillón.

—Siéntate aquí.

Le puso unas hojas delante y el escritor vio el número de ejemplares vendidos de su primera novela en menos de un mes. Eran muchos. Se levantó.

—¡Eres un auténtico fenómeno! ¡Estamos muy contentos! Todo el mundo quiere conocerte y otro periódico quiere ofrecerte una columna.

—¿Cuál?

Eduard abrió la puerta corrediza de un armario trasero y sacó una botella de whisky y dos vasos de cristal grueso.

—De momento, ¡brindemos! ¡Ya lo celebraremos más adelante con una buena cena!

Anton rechazó entrar por la puerta abierta del ascensor y corrió a buscar la escalera, que era solo para emergencias. Saltó los escalones como un adolescente que va a encontrarse con sus compañeros. Sin darse cuenta, entonó el inicio de una canción pegadiza que hacía tiempo que se oía por todas partes.

Sin pensárselo un instante, se dirigió a casa de sus suegros.

—¡Hola, Nati! ¿Están ahí?

La chica sonrió con cara de asustada, Anton ya estaba dentro. Ella conocía mejor los cambios familiares que él mismo. Nati corrió detrás, pero él ya había entrado en la sala donde su suegra y Alícia estaban sentadas. Ambas se levantaron y él besó a su mujer, que le esquivó los labios. Tras esos días sin verse, le pareció reencontrar a la chica rubia y clara que había conocido. Luego besó las mejillas de su suegra, tal y como acostumbraba.

—¿Cómo está la abuela de Valencia?

Elena dijo:

—¡Siéntate!

Así hicieron los tres. Anton preguntó por el niño. Y sin responderle, Alícia llamó a Nati, que había salido tras la entrada de Anton, y le dijo que si el niño estaba despierto lo llevara a la sala.

—¡Puedo ir a la cuna!

—En la cuna ya no cabe. Le hemos tenido que comprar una cama a toda prisa. ¿Qué quieres tomar, Anton?

—Un café, gracias, Elena.

—¿Alícia?

—¡No quiero nada!

La frase había salido como si fuera un disparo y, como si esperase a comprobar dónde impactaría, Anton dudaba. En vez de empezar por la buena nueva de la columna que le habían ofrecido, quizá habría que hacerlo diciendo que su padre estaba enfermo. Entonces entró Nati con el pequeño en brazos y él se levantó un poco bruscamente a cogerlo. Aquel ser blando y baboso de hacía un par de semanas ya tenía forma de niño, con sus pantalones y unos tirantes sobre una camisa en miniatura. Òscar empezó a gimotear y Alícia se lanzó hacia los brazos de Anton para rescatarlo. El niño aumentó el tono del bramido y la madre lo devolvió a los brazos de la jovencita, que salió de inmediato de la sala.

—Le ha cogido mucho cariño.

Anton todavía estaba de pie con los brazos junto al cuerpo y Alícia se había vuelto a sentar. La madre de ella había entrado con un café. Sin decir nada, volvió a salir y cerró la puerta tras ella. El escritor se desabrochó la cazadora y recibió una mirada irónica de su mujer. Al encontrar todas las camisas sucias, había revuelto en una caja de cartón con ropa retirada para donar. La camiseta que había recuperado le traía buenos recuerdos.

—Entonces, ¿la abuela está mejor?

—No. Tiene cerca de noventa años, pero todavía le sonrió al niño.

—Mi padre está enfermo.

—Hace días que lo sé.

—Creo que es importante, no es él.

—Sí.

—¿Cómo lo sabes?

—Tu madre...

—Alícia, quiero que volváis a casa. Me han ofrecido una colaboración muy bien pagada, la novela va bien, tus padres no tendrán que ingresar dinero a partir de ahora...

—No me he ido de casa por las dificultades económicas, ¡ya lo sabes!

—¿Y entonces?

—No puedo perdonarte lo que le has hecho a mi familia.

—¡Tu madre no parece darle tanta importancia! Y, seguramente, tu padre tampoco.

—¡Porque todavía no lo sabe!

—¿Ves cómo lo que sale en una novela no afecta a la realidad?

—¡Eres un sinvergüenza!

—Hombre...

—No, hombre, no...

—Mujer...

Ella se puso a llorar. Él se acercó con la intención de abrazarla. Pero Alícia habló de nuevo.

—¡No sé cómo hay alguien que pueda leer ese bodrio!

—¡Pues Eduard Catín ya prepara la segunda edición!

—¡Vete! ¡No te soporto!

Anton se encontró deshaciendo el camino con la palabra *bodrio* entre ceja y ceja. ¿Había una palabra más fea que aquella en el diccionario? Caminó hasta que, tres cuartos de hora más tarde, se encontró en la calle Muntaner y de repente reconoció el lugar: estaba frente al portal donde había acompañado a Sílvia Cors la noche en la que él presentó el libro de la autora. Llamó al timbre y le preguntó si quería dar un paseo y continuar la conversación de aquel día.

—¡Encantada!, ¡pero sube un momento!

Ella lo esperaba con la puerta abierta. Le hizo pasar a una sala abigarrada, con las cortinas estampadas en colores vivos y los muebles lacados en negro, cubiertos de fotos y de objetos de cerámica. También se veían papeles dispersos por todas partes. De las paredes colgaban cuadros del mismo estilo, trazo grueso donde dominaban el blanco, los rojos y el negro. Parecían retratos. El conjunto sugería un bazar oriental, lleno de objetos atractivos, variados, espolvoreados de magia. Acostumbrado a la claridad y al orden de Alícia, cortinas, muebles, pintura de las paredes, vestidos... descubría un ambiente animado, manchado de sombras y desorden, donde, por contraste, la atmósfera resultaba calmosa. Ella llevaba una bata negra, larga hasta los tobillos, que le transparentaba las piernas musculadas y morenas mientras lo guiaba por el espacio estrecho hasta un sofá de dos plazas.

—¡Siéntate!

Anton obedeció enseguida. Estaba cansado.

—¡Espérame, que me visto!

—Oye, si no te viene bien...

—¿Cómo? ¡Sinceridad total, en opiniones literarias y en todo! ¡Claro que me viene bien!

Ella lo miró. En vez de correr a cambiarse, se sentó a su lado. Anton percibió un leve olor a sudor mezclado con perfume.

—¿Qué te pasa?

—Mi mujer no se encuentra muy bien...

—¡Qué lástima!

—Y tenemos un hijo, un niño.

—¡Qué suerte! Pero ¿no estás contento?

Anton se había tumbado a mirarla, malhumorado. Sílvia le cogió una mano y la dejó sobre su derecha, ambas reposando en su regazo como una manzana que acabara de cosechar del árbol para comérsela más tarde. El tacto de la seda de la bata produjo una especie de descarga en las puntas de los dedos del escritor. Con la mano libre, acarició con espontaneidad la rodilla vecina, la abertura de la bata la había dejado a la vista.

—De verdad, ¿qué te pasa?

—Que creo que no podré salvar mi matrimonio.

—¿Lo has intentado?

—Sí, sí, pero también tiene relación con la novela, la libertad de inspiración. ¡No sé si todo cambiaría entre mi mujer y yo si ahora dejara de ser escritor!

—La familia suele hacer mala pareja con la escritura, por algún lado chocan. Pero, tú... ¿aún la quieres?

—Ni lo sé. Me revienta que por lo que yo escribo ella me rechace y me separe de mi hijo, ¡aunque reconozco que todavía me revienta más que diga que mi novela es un bodrio!

—¡Pero sientes que no puedes vivir sin ella!

—No, la estoy aborreciendo, pero el lugar donde vivíamos, el estilo de vida, me gustaba. ¡Lo habíamos empezado todo juntos!

—Quizá puedas llevar igualmente ese estilo de vida y ver a tu hijo cada semana.

—¿Por qué eres tan buena conmigo?

Sílvia se echó a reír. Aquel día él descubría su lado exótico, como el piso en el que vivía, su piel tan tostada, tan relajada como si hiciera mucho que se conocieran. Se fijó en las dos palas poderosas dentro de la boca, en el centro del desfile de dientes imponentes, y en unos labios que cuando sonreían parecían acabar en medio de las mejillas. Sílvia tenía la boca grande. Cuando ella se sentó, Anton percibió unos pechos firmes y no muy pequeños. La cogió por la nuca con suavidad y acercó la boca. Después de un rato de intercambio de caricias, ella lo tomó de una mano y tiró de él.

—¡Ven!

La luz del ventanal chocaba con el cuerpo de Sílvia y, siguiéndola, Anton descubrió que, bajo la larga seda, vestía tan solo unas breves braguitas.

Sonó el teléfono en el piso donde vivía Sílvia Cors. Eduard le pedía que fueran a cenar. ¿No se acordaba de que ella tenía que terminar el relato de terror para la antología que su editorial iba a publicar?, le respondió.

—¡Tengo que entregarla dentro de dos días y esta tarde estoy inspirada!

Entonces el editor le dijo que no localizaba a Anton Bellart y que estaba preocupado porque había algunos puntos urgentes que debía tratar con él.

—Algo he oído sobre problemas familiares.

—No te lo estarás follando, ¿eh?

—¡Uy! ¡Qué bien pensado! ¿Y qué pasaría si así fuera? ¿Te molestaría?

—¡No me hagas reír! Si así fuera, ¡te lo tendría que agradecer! ¡Esa mujer le cierra todas las puertas, tú ya me entiendes, y encima se mete con lo que escribe!

—Y así no llegaremos a ninguna parte, ¿verdad?

—¡Exacto, bonita! ¿Así que no quieres venir a cenar?

—¿Qué te parece mañana?

—¿No te estarás enamorando de él?

—¿Estás depre porque te ha dejado tu última conquista?

—¡Ah, celosa! ¡Ya sabes que tengo una prohibición expresa de mi médico! ¡Pero, venga, vamos a cenar, que no quiero ir solo!

—¡De acuerdo! A las nueve, donde siempre.

Anton entró al cabo de unos minutos con aquella camiseta que le rejuvenecía y el pelo mojado, y Sílvia levantó la cabeza del teclado.

—¡Voy a casa de mis padres! Ya te llamaré.

—El secador está en el segundo cajón del mueble delante del lavabo.

—¡No hace falta!

Se acercó a mirar lo que escribía.

—¡Por la noche te llamo!

—No sé si me encontrarás, ceno fuera.

Al cabo de unos instantes de silencio, ella le tendió la mano.

—Me gustas mucho, pero desde el primer día quiero total libertad sin preguntas. Y si no hablas con nadie, como haré yo, mejor para ambos.

—Vale. ¡Tú también me gustas mucho! —Anton le besó el cuello—. ¡Pues ya nos veremos!

—¿Tienes que llamar a Eduard?

—Me habrá llamado él... ¿Por qué?

—Es que quería que le comentaras algo, pero lo que decíamos, ¡ya se lo diré yo cuando lo vea!

—¿Mañana vas a documentarte?

Ella le había contado que quería ir al barrio de Poble Nou en relación con lo que escribía.

—¡Sí, mañana a las diez me pondré en marcha!

—¡Si no tengo nada, voy contigo!

—Vale, si estás abajo a las diez, iremos juntos.

5

El autobús los dejó en la calle Llull, a cuyos lados se enfrentaban una retahíla de casas alineadas con desigual fortuna. Al mirarlas, un recuerdo acabó de despertar a Anton Bellart. Había disfrutado de un largo viaje por la ciudad, apoyando de vez en cuando la cabeza en el hombro derecho de Sílvia; él había intentado así alargar la sensación de confort después de varios abrazos apasionados en su casa, adonde había llegado media hora antes de la hora convenida.

En cambio, ella había estado leyendo el proyecto del barrio, iniciado el año anterior. Se había llamado La Mina debido a una fuente de buena agua que había, alrededor de la cual se habían levantado de forma espontánea todo tipo de chabolas que habían dado lugar a los llamados Camp de la Bota y Pekín. La Barcelona rica necesitaba obreros, pero no tenía espacio para que vivieran como personas. Su padre le había hablado de los fusilamientos continuados de quienes habían sido encarcelados por no pensar igual que los vencedores, por pertenecer al otro bando, el legal, a la República. Sílvia miró a Anton y al percibir la cara de niño mimado que ponía deseó habérselo quitado de encima en su momento. Le gustaba demasiado y estaba segura de que él no le convenía.

En la parada, ella sacó el mapa y, después de ojearlo, ambos caminaron bajando como si fueran al mar.

—Este barrio me hace pensar en alguien; la acompañé una noche que llovía a cántaros.

—¡Entonces era una mujer!

—Es una mujer, va a coser una tarde a casa de mi madre.

—Ahora nos vendría bien un poco de agua, ¡hace meses que no llueve!

—¿De qué va tu cuento?

—...

—¡Si se puede contar y te fías de mí!

—¡No sé si fiarme! Y hablando en serio, ¿cómo van las cosas en casa?

—Nada nuevo. Alícia vive con sus padres y nuestro hijo, ¡cualquier día recibiré una notificación de su abogado!

—¿No hay manera de arreglarlo, entonces?

—¡Creo que no! ¡Por mi parte lo he intentado todo!

—¡Sí, los hombres intentan muchas cosas!

—¿Qué es esto? ¡Pensaba que me compadecías!

—¡Solo lo hice para llevarte a la cama!

—¡Ah! ¿Ni un gramo de compasión, pues?

—¡Medio gramo!

—¡Qué mujer!

—¡Quiero hacerme una idea del cementerio, qué aspecto tiene, las tumbas que sobresalen, y quiero encontrar alguna especial!

—¡No fastidies que vamos al cementerio!

—Pero ¿es que no sabes qué es una antología de terror y suspense?

—Sí, ¡pero no pensaba que me llevarías al cementerio tan pronto!

La chimenea de Can Gili Vell acentuaba el espacio llano y rodeado por el muro de la calle Taulat. Anton Bellart estuvo a punto de decir que se iba a tomar un café allí mismo, pero, justo entonces, le pareció que dejar sola a Sílvia a la hora de entrar en el recinto era un poco cafre y le daría más argumentos para sus humos de mujer segura, que no paraba de airear. Como un latigazo, deseó hacerla dependiente de él, sin más motivo que darle una lección. Aunque otro pensamiento se filtraba en esa visita por las calles de tumbas, por las plazas con esculturas, por los nichos con ramos de flores y fotografías. En poco tiempo, su padre se había convertido en alguien extraño, distante, inexpresivo, y él, en muchos momentos, se encontraba pensando en él como si ya estuviera muerto.

Sílvia Cors perseguía el paisaje constituido por las lápidas y los nichos, por las esculturas, y él se distraía observando detalles: fechas, nombres, relieves. De repente, Anton vio una aglomeración en un nicho donde había un verdadero altar de flores, adornos y exvotos. Un grupito de personas mayores estaba de pie enfrente en actitud de oración o contemplativa. Preguntó qué pasaba a un anciano con boina y bastón, y el otro lo miró con ademán serio.

—¡Es la tumba del Santet! Ha obrado muchos milagros.

Anton sacó el bolígrafo y un papel y escribió unas notas. Cuando el hombre que le había informado se dio la vuelta, le preguntó por qué escribía.

—¡Para acordarme!

Delante, y a cierta distancia, Sílvia lo observaba. Cuando él la vio, ella le sonrió. A Anton se le ocurrió que quizá había empezado a domarla. Se reunieron.

—¿Ya estás?

—Creo que no podemos marcharnos sin ver *El beso de la muerte*.

Anton se llevó la mano a la mejilla derecha y lanzó un chillido. El grupo de adoradores del Santet giraron las cabezas; entonces Sílvia lo cogió de la mano y, sin decir nada, lo apartó de la mirada de aquellas personas.

Siguiéndola por el laberinto de tumbas, que a veces encerraban al visitante en una especie de cámara con el cielo por techo, Anton sentía que aquella vida, sin responsabilidades familiares y con sexo y amigos, era buena. Pero su doble le dijo que habría sido perfecta si no hubiera tenido que volver a encontrarse solo en el piso y pensar otra vez que no entendía nada de nada, que vivía un paréntesis que nunca había proyectado, como si, de vez en cuando, se convirtiera en un autómata al que alguien daba cuerda. Ante la escultura, la muerte en forma de esqueleto besando a su víctima, Anton bromeó mientras pellizcaba las nalgas de Sílvia como si adoptara el papel de muerte lúbrica. Ella se separó de él bruscamente y entró en un terco silencio, como si él la hubiera herido en lo más profundo. Cuando caminaban hacia arriba, fuera ya del cementerio, de nuevo hacia la calle Llull, en vez de hacerla reír o hablar, Anton le contó mejor la historia de Lolín.

Era una señora que se alquilaba para coser en las casas. Como su madre tenía las prendas a muy buen precio, le salía a cuenta coser las sábanas, toda la ropa de casa y mucha de vestir para la familia. Pero durante un tiempo, ella no daba abasto con tanto trabajo y por una amiga había sabido de la costurera andaluza. Lolín era simpática, se daba mucha maña y en nada se sacaba todo el trabajo de encima. Necesitaba lo que ganaba porque su marido y su hijo mayor se habían ido de Barcelona por un tiempo a trabajar en Jaén y ella se había quedado con el pequeño. Al principio le enviaban dinero, la llamaban por teléfono, pero al cabo de un año o poco más les perdió por completo el rastro. Sin noticia alguna. Y así se había quedado, con el muchachito y las manos en la cabeza. Entonces se había buscado trabajo aquí y allá para sobrevivir. Anton remachó la historia con su opinión.

—Siempre me ha extrañado que no viajara a Andalucía para buscarlos o saber qué había pasado con ellos.

—Yo creo que hizo bien. Marido extraviado, marido olvidado.

—¡Eso te lo acabas de inventar!

—¡Te equivocas! ¡Hace tiempo que lo tengo muy claro!

—¡Pero la frase se te acaba de ocurrir!

Sílvia sonrió.

El viaje de regreso al centro transcurrió de forma diferente al de la ida a Poble Nou. Ella, ojos cerrados, y él, observando las casas, las personas de a pie, las del autobús, el conductor. Desde siempre lo había hecho, pero hacía poco que era consciente de ello. Luego también cerró los ojos. Lolín, Lolín. De joven debió de ser una mujer de bandera porque era alta y atractiva, de talante charlatán y ocurrente. El silencio de su marido y su hijo no parecía haberla afectado con tristeza. Como era previsible, la mujer había volcado la máxima atención en su pequeño, a quien, desde el abandono de los hombres mayores de la casa, había empezado a llamar Joan. Lolín le decía a la madre de Anton que quería que su hijo fuera serio como los hombres catalanes. Cuando ella le respondía que entre los catalanes también había mucho tarambana, la costurera hacía un gesto de incredulidad con la cabeza.

Entonces Anton pensó en su niño; la última vez que lo había visto en casa de los suegros era diferente de como él lo recordaba.

Llegaron a plaza Catalunya y avisó a Sílvia Cors, que parecía dormida del todo.

Bajaron y se quedaron un momento una frente al otro.

Mirándola allí, un palmo justo por debajo de él, Sílvia daba la impresión de estar ausente e incluso distante, como si estuviera ofendida. Anton le dio un beso en medio de la frente y se puso a caminar en dirección al paseo de Gràcia. Jamás de los jamases entendería a las mujeres, aunque quizá no era necesario entenderlas.

En casa escribió un artículo sobre la devoción supersticiosa. Empezó con una hermosa descripción del cementerio de Poble Nou y luego narró ese breve rato tras las personas que formaban un círculo en ceremonioso silencio ante la tumba del Santet. Dejó salir su ironía y, acto seguido, recondujo el sentido hacia la emoción sencilla ante las dificultades de la vida.

Tuvo que correr para llegar puntual al restaurante. Eduard no estaba allí todavía y él lo esperó midiendo la puerta de una a otra parte como si pretendiera tomar medidas con sus pasos. El editor bajó de un taxi delante de él y Anton se fijó en que iba con pantalón y americana a juego y que llevaba corbata. El contraste de indumentarias entre ambos era grande, pero Eduard enseguida le sonrió y lo hizo pasar delante. El local estaba refrigerado y Francina Bieito levantó la carta desde una mesa al verlos entrar en el comedor. Mientras Eduard hablaba de una propuesta y de otra, Francina se mantenía atenta y tomaba notas en una libreta. Se limitaba a escuchar y parecía poner toda su atención en lo que decían el escritor y el editor. Comieron hablando, con la participación casi nula de Bieito, y, de postre, Eduard le puso delante la página literaria de un periódico donde se dejaba en mal lugar la novela de Anton. Se notaba que el crítico no había leído por completo la obra porque había un error. Anton comentó que era raro que esto ocurriera en un gran medio y el editor se rio de esa manera suya.

—Empiezas a tener éxito y puede pasar de todo. Creo que deberías responderle y dejarlo bien planchado.

—Tengo demasiado trabajo y no tengo ganas.

—Creo que debes hacerlo. Demostrarías que no se puede decir cualquier tontería sobre lo que escribes y que, si se comenta un libro, antes debe leerse por completo.

Hubo un silencio entre los tres y Bieito intervino porque había una petición de pregón para Anton por parte de un ayuntamiento.

Cuando llegó a casa de sus padres, el escritor tenía una noticia que ofrecer: le proponían dos traducciones de la novela, al castellano y al francés, y también una serie televisiva que se basaría en ella. Notó que su madre acababa de llorar a pesar de que lo había recibido sonriendo. En la sala, el padre estaba sentado con los ojos cerrados en la butaca. Anton vio el comedor como una sala de museo que ya has visitado, conocida, donde descubres un detalle en una figura, en un cuadro, que la transforma en otra. Se quedaron hablando cerca de la puerta entornada. El médico decía que tenía que hacer pruebas, pero la madre había notado un cambio en su forma de hablarle que juzgaba muy preocupante. Estaba contenta porque contaba con ambos hijos.

—¿Y Alícia?

—No quiere saber nada más de mí.

—¿Y qué vas a hacer?

—¿Qué puedo hacer? Mi editor conoce a un buen abogado que puede tratar mis asuntos.

—¿Es de fiar?

—¿Quién? ¿El abogado?

—No, el editor.

—¡Mamá!

Entonces Montserrat, en un gesto frecuente durante la infancia, le cogió las manos y le puso una en cada mejilla. Alta temperatura en la piel de las palmas de Anton.

—Harán dos traducciones de la novela y una serie que se basará en ella, eso será la llave que sellará la separación con Alícia.

—¿No puedes negarte?

—Sí, claro, pero me negaría como el escritor que quiero ser.

—¿Tan decisivo es?

—Reporta dinero al editor, difusión... Es la única forma de sobrevivir en este mundo.

—Pero ¿podrás ver al niño?

—¡Tengo derecho a ello!

—Cuando llamo a Elena me responde como siempre, pero sí noto que la relación se va enfriando.

6

A medida que el tiempo pasaba, desde la publicación de sus primeros libros, Anton tenía cada vez más problemas para cumplir un horario que, en los inicios de su vida con Alícia, abarcaba sin dificultades.

Las reuniones con los guionistas, con la prensa, los artículos, las colaboraciones dispersas, las llamadas de Eduard, del abogado, parecían aguijones de abeja que le rompían el hilo de la escritura y lo dejaban con los oídos zumbando. Lo que le costaba encontrar era un espacio de tiempo continuado para volcar sus ideas en palabras. Y, sobre todo, que pasados los primeros momentos esas ideas le parecieran lo suficientemente interesantes como para llevarlo a armar un cuento. Era consciente de que los primeros relatos habían aflorado de forma natural, como flores silvestres.

A veces escribía con un gran ímpetu pensando en descubrir a continuación pepitas de oro y, al aproximarse, se encontraba con un polvo dorado que resultaba ser purpurina. Una historia comenzada con empuje e interrumpida con contundencia le solía naufragar. Pero, a pesar de todas las dificultades, iba enhebrando argumentos en una aguja y, a los seis meses, tenía cuatro cuentos hilvanados, casi cinco. Lo que distraía a Anton, más allá de las llamadas y las entrevistas o reuniones, era el estado que iba tomando el piso donde vivía, como si, en vez de ser sólido y acogedor, se personificara en su contra.

En la cocina no quedaba ningún sitio donde dejar un plato o un vaso y casi había agotado todos los de los armarios. Desde hacía meses, comía fuera; no recordaba cuándo había cambiado las sábanas. Se había comprado ropa nueva, pero también se ensuciaba. Tendía a repetir camiseta o camisa, pantalón y calcetines para ahorrarse el trabajo de lavar hasta que él mismo se sintió incómodo. Eran unos mecanismos simples, la comida, la ropa, la limpieza, que había dejado que lo atraparan y se veía impotente para ponerles freno. Los cacharros parecían plantas que crecían en desmesura y tendían a ocupar el jardín entero, como si los objetos hubieran decidido apoderarse de su espacio vital, con esa pinta de inocentes y mansos, sin hacer más ruido que aquel que Anton les imprimía al usarlos o apartarlos.

También en el despacho, la mesa, los estantes,

las mesitas auxiliares, sillas, sofá, se habían llenado hacía mucho de libros, revistas, periódicos y papeles. Y más aún, tan solo quedaba un estrecho pasillo en el suelo para ir de la puerta a la mesa y viceversa. Llegó un día en que no encontró un artículo ya escrito que debía entregar.

Una visita inesperada de Ferran, cuando Anton registraba nervioso por todas partes, le desenmascaró la cuestión. Si bien intentó cerrar las puertas a su hermano para quedarse solo en su caos, el chico, que se había encontrado sin clases por una huelga repentina y pasaba cerca de allí, lo ayudó a buscar el artículo y, sin permiso, atravesó los límites con la vista. Finalmente, el artículo estaba en el recibidor, donde Anton lo había dejado nada más escribirlo para salvarlo y tenerlo listo para entregar. Se había olvidado de ello.

Aquel día, cuando salió junto con quien el escritor consideraba el mejor de su familia, sin darse cuenta de que no lo valoraba lo suficiente todavía, Anton se dio un ultimátum. No quería volver a sentir una vergüenza como aquella ante nadie. Comieron juntos y hablaron de su padre, de la fábrica. Al preguntarle por Alícia, Ferran le dijo lo que él nunca hubiera querido oír.

—Necesitas ayuda, Anton.

—Dame dos días. Pasado mañana, no, el viernes os invito a cenar en casa con tu chica.

—Se llama Carme.

—Muy bien, con Carme.

—No podemos venir a cenar. Pero, si te parece, venimos a tomar café a las cuatro y así tendremos un buen rato para charlar. ¡Ella tiene muchas ganas de conocerte!

Anton lo miraba interrogante.

—Sí, ha leído los cuentos y va bastante adelantada con la novela.

Él a menudo se preguntaba si su hermano había leído el segundo libro; sabía que los cuentos, sí. Sin embargo, lo principal era que se sentía aliviado porque no tendría que ensuciar la cocina cuando la tuviera limpia, que era justamente lo que aún debía intentar. Agradecía a Ferran, además, que no hubiera hablado del tipo de ayuda que, según él, necesitaba.

Fue a pie a llevar el artículo, le quedaba bastante cerca. Antes de volver a casa, compró utensilios de limpieza, como un pequeño premio en forma de botellas de colores vivos: amarillo, azul, verde, blanco, para rebajar el castigo. Nada más abrir la puerta, cargado como iba, se quedó estancado en el recibidor. La ola abrumadora del desorden y del polvo le dio ganas de retroceder y abandonar el piso. Volvería a casa de sus padres. Estarían contentos y acompañados. ¡Pero si Ferran aún vivía con ellos! No quería volver a oírle decir que necesitaba ayuda, aunque supiera que tenía razón.

Decidir cuál sería la primera plaza libre le costó. Descubrió que el único espacio que no había ocupado era el pequeño cuarto de al lado del dormitorio, que había destinado de pensamiento a Òscar para cuando durmiera solo. Allí dejó escoba, bayeta, cubo y detergentes. Salvando la repugnancia que le producía ver la cocina como una selva de cacharros sucios, y después de abrir la ventana de par en par, rescató un delantal y unos trapos limpios de los cajones. No había pensado en bayetas, sí en estropajos. Entonces descubrió que ya había detergentes, bayetas y escoba, pero tenía que empezar de nuevo, ¿no? Se dirigió al dormitorio. Recogió periódicos, revistas y hojas dispersas de todas partes y se distrajo con algún artículo que en su momento no había visto o había dejado para más adelante. Hasta que se hizo cargo de la situación. Ese día no leería nada más hasta que el piso estuviera limpio y ordenado.

Le pareció que, más que sacar, despegaba las sábanas del colchón y las fundas de las almohadas y fue al cuarto de baño. No podía arrastrar la cesta de la ropa sucia y coger también las toallas. Así que, tras volcar con rabia la cesta, que se fue al suelo, renegó. Se vertió parte del contenido, apretado y, por tanto, arrugado. Luego, Anton se dirigió de nuevo a la cocina. No pudo entrar debido a toda la ropa que había terminado haciéndole de cola detrás de los pies.

Con la carga ya en el suelo, empezó sacando un taburete que había abandonado allí hacía días y accedió a la lavadora. ¿Dónde estarían las instrucciones? De repente se dejó llevar e hizo un estropicio. Podía contratar a alguien, su madre «le dejaría» a su empleada de la limpieza un día o dos. Ella misma... si supiera cómo estaba..., pero no, no y no. Aún en el suelo, rodeado de fragmentos de vidrio y loza, de zumos, migas, cáscaras y azúcar, decidió buscar a una persona que hiciera los trabajos de casa. Un día fijo a la semana. O dos. Pero primero debía salir adelante solo.

Se levantó y miró los símbolos junto a los botones de la lavadora. No eran necesarias las instrucciones. A treinta grados de temperatura, había oído una vez que era suficiente, y una buena dosis de jabón. Se había acordado de comprarlo, aunque ya había. Colocó las sábanas en el tambor. Metió paños de cocina llenos de manchas y costras y todavía cabría alguna toalla. Volvió al baño y tuvo que levantar el cesto del suelo. Entonces decidió coger camisetas y calzoncillos en vez de toallas. Estaba contento de recordar que debía ser todo claro u oscuro, no podían mezclarse. Llenó hasta arriba el tambor. Fue a buscar el jabón a la habitación del niño. Y miró las dos primeras vueltas de la máquina y escuchó el runrún mientras barría los trozos y los dejaba en la basura. Cerró la puerta y regresó al cuarto. Entonces fue consciente de que sobre la mesita de noche de Alícia solo quedaba la lamparita. Se acercó y abrió el cajón. Allí estaba la cajita de la joyería. La abrió y fue como si el oro de la pulsera que había regalado a su mujer le cuestionara. Cerró la caja y el cajón. Había previsto encontrarla vacía.

Le faltaba una bolsa grande para los periódicos y salió de nuevo del dormitorio. Finalmente, dejó las bolsas con papeles en el recibidor. Volvió al dormitorio. Abierta la parte del armario donde Alícia había colocado la ropa de cama, vio las sábanas en orden casi perfecto. Eran blancas, beige, azul cielo y verde pálido. Unas sábanas negras de seda, regalo de los compañeros de la facultad, aparecieron todavía en su envoltorio de plástico. A su esposa no le habían gustada nada. Desgarró la bolsa con cierta saña y las sacó. Estaba decidido a estrenarlas solo, hacían juego con la bata de Sílvia. «Al menos, no necesito cambiarlas en un tiempo.» Le costó hacer la cama y estuvo a punto de quitar ese juego de sábanas nuevo, que no debía de estar pensado para dormir. Por un instante, vio el espacio rectangular como un gran rectángulo de tinta donde se ahogaría.

Aunque hacía tiempo que la ruptura estaba consumada, todavía intentaba entender tanta radicalidad por parte de Alícia, pero su obsesión por querer captarlo todo para poder escribir en la vida real le molestaba.

Había doblado la colcha, que también tenía que lavar. Recogió todas las prendas a la vista y fue a buscar la escoba para sacar calcetines de debajo de la cama. Además, aparecieron bolígrafos, más papeles, un libro abierto que había buscado durante unos días y había vuelto a comprar, cada objeto adornado con una abundante pelusilla gris. Puso cada cosa en su sitio. La ropa al pie del cesto porque no cabía. Vio bastantes vasos y tazas en su mesita de noche y los cercos en la madera. Cuando los hubo llevado a la cocina, pensó que no era necesario quitar el polvo, lo haría más adelante, y concedió al dormitorio el título de espacio libre de paso.

Entonces Anton dudó entre cocina y sala de escritura. Ninguna de las dos era plato de su gusto. Pensó en la cocina y se quedó en la puerta mirando la lavadora unos minutos con una satisfacción desconocida hasta el momento. Tenía mucha hambre. Iría a comer a uno de los bares cercanos y volvería. Por suerte, el teléfono había respetado la crisis del hogar invadido.

En realidad, nada más cerrar la puerta, aunque el ascensor que lo bajaba no había llegado a la planta baja, el teléfono sonó dentro del piso. Volvió a dispararse a los diez minutos, cuando Anton daba el primer bocado a una ensaladilla rusa en el Bar Farigola. Y cuando se tomaba el café, dudando si le sentaría mal el almuerzo si seguía haciendo espacios libres dentro de casa, sonó por tercera vez. El timbre se expandió mejor sin tantas trabas, el sonido resultaba más agudo, pese a que nadie podía valorarlo.

Anton decidió que se permitiría una breve siesta sobre sábanas de seda y después continuaría. La cuarta llamada lo despertó al cabo de unos tres cuartos de hora. No sabía dónde estaba y huyó de aquella oscuridad viscosa que había quedado impregnada en sudor y arrugada a la vez.

Sílvia le proponía pasarle el cuento del cementerio, quería su opinión, y lo invitaba a cenar.

—¿Qué hora es?

—Ahora solo las cuatro.

—¡Ah! ¿Cuándo quedamos?

—A las ocho en mi casa, ¿qué te parece?

—Me viene mejor a las nueve.

—Si no te viene bien...

—Ay, bonita, es que debo terminar un trabajo desagradable.

—Que supongo que es inconfesable.

—Casi lo has adivinado. ¡Hasta las nueve, entonces!

Se fue a la cocina, pero antes buscó por todo el piso aquel delantal limpio que antes había encontrado. Al final, decidido a prescindir de este, lo vio precisamente en la cocina. Entonces se dio cuenta de que el bombo de la lavadora ya había parado de dar vueltas. Se dispuso a abrirlo y no pudo. Tras comprobar que estaba en la posición de stop, volvió a intentarlo. La maldita puerta se resistía. Entonces vio que el botón quedaba separado del menú. Lo pulsó.

Sacar todos los cacharros que llenaban los dos fregaderos y encontrarles un sitio fue un juego de equilibrios. Practicó la superposición peligrosa. Ante su nariz, había detergente para vajillas y no estrenó el que había comprado. Pero antes de sumergirse en el fregado fue a tender. Vio cómo lo miraban dos vecinas, una joven y otra vieja. A la vieja le devolvió el saludo; la joven no le había dicho ni mu. Nunca había tenido que tender, pero fue colocando las piezas sobre las cuerdas y las fue sujetando con pinzas. Vio cómo volaban un pañuelo y una almohada al intentar estirar una sábana. Un vistazo al patio le hizo deducir que lo mejor sería ir a preguntar a la portería. Lo haría después de la cocina.

Lo más complicado, todo el rato, fue encontrar el espacio para los cacharros ya aclarados. El chorro del agua le daba gusto en la piel de manos y brazos y, de vez en cuando, se mojaba la frente. Había tenido un sueño angustioso, pero solo le quedaba alguna sombra. Hacia las seis salió de la cocina para ir al cuarto de baño y, entonces sí, arrastró la cesta hasta la lavadora. La cargó con piezas oscuras. Ya tenía el hábito y la cesta solo quedó llena en sus tres cuartas partes. Faltaban todavía las toallas. Otro chorro de jabón y listo. Los paños de cocina no habían quedado demasiado limpios, habrían tenido que volver a lavarse, pero ya lo haría la persona a la que pagara para realizar esas tareas.

Frotó el suelo de la cocina acompañado del sonido de la lavadora funcionando. Pensó en una cuna y luego en Òscar. Se sentó un momento y puso la cabeza entre las manos. Cuando se trataba de su hijo solo sentía, el pensamiento se quedaba en blanco. Necesitaba ducharse, pero si lo hacía, ya no se abriría paso hacia la sala de trabajo. Se encaminaba hacia allí cuando volvió a sonar el teléfono.

—¿Nos vemos para cenar?

—Hoy tengo un compromiso. ¿Qué te parece mañana?

—Espero que sea una jovencita bien dotada y que la hagas feliz.

—Yo también lo espero.

—¿Cómo va la nueva novela?

—Ya te he dicho que escribo cuentos, que es lo mío...

—¡Es broma! Lo sé, lo sé, pero no lo olvides, ¡aquí los cuentos no enganchan a muchos lectores!

—Vale, ¡me haré un gran cartel y lo pondré ante mi mesa de trabajo!

—No sé qué pasa hoy que todo el mundo está cabreado y comprometido. ¿No sabes de alguna mujer simpática que pudiera cenar a gusto con un editor desesperado?

—¡Creía que eras tú quien tenía una lista de nombres de simpáticas!

—¡Bueno, fenómeno!, ¡ya veo que hoy no estás de humor!

—¿Fenómeno?

—¡Más de tres mil ejemplares vendidos en unos pocos meses!

—¡Fabuloso! ¿A qué hora nos vemos mañana?

—Ya te llamaré. O mejor, ¿por qué no vienes a verme a media tarde?

—Si voy, ya no escribiré.

—¡Venga, te llamaré! ¡Adiós, guapo!

—¡Adiós!

Quizá porque consideraba más delicado el tema de los papeles, Anton iba despacio en su cuarto. Quería revisar cada hoja, cada periódico. Al cabo de un rato, dejó los libros para leer en una doble fila de la librería. Era provisional, porque pensaba colocar estanterías en el pasillo. Hizo otro montón con los ya leídos. Una carpeta con copia de los artículos. Otra, con las ideas para cuentos. Sacó montones de papel en dirección al recibidor, pero allí ya no cabían. En un arrebato, cogió las llaves y bajó a comprar bolsas grandes, pero no se acordó de aprovechar el viaje para sacar algún fajo de papeles. Le faltaba otra cosa, pero ya no se acordaba. Cuando regresó con tres rollos de bolsas, llamó a su madre. Le dijo que necesitaba a alguien para la limpieza del piso. Su padre estaba igual.

Dejó las revistas en la mesa del comedor; quería revisarlas. Entonces llenó cinco bolsas con periódicos y hojas. Dos eran de basura. El cuarto en el que trabajaba estaba a medias. Miró la mesa y agrupó lápices, bolígrafos y plumas, y puso muchas hojas en forma de montaña para repasarlas sentado. Hacía falta algún líquido para muebles para los cercos de los vasos. Todo no se podía hacer en un día. Pensó que, después de bajar las bolsas llenas, pediría la almohada que se le había caído al tender, pero al final se olvidó.

Cuando de madrugada volvió de casa de Sílvia, al entrar en la cocina para beber algo, descubrió el piloto de la lavadora encendido. Allí le esperaba la colada oscura. Aunque tenía mucho sueño, pensó en tenderla y así al día siguiente tendría una montaña de ropa limpia. Apretó el botón y esperó hasta que la puerta se abrió. Llenó el cubo y se fue al tendedero. La ropa clara estaba mojada, parecía evidente que alguien había tendido después de él y había vuelto a mojar la suya. Se sintió contrariado y allí quedó todo. Tenía que comprar un plástico para tapar la ropa tendida, aunque quizá también lo había.

Se durmió pensando en Sílvia. No quería atarse, aunque se llevaban bien, pero el hecho de ser ambos escritores... Además, ella pasaba de mimarlo a largarlo bruscamente. Al fin y al cabo, lo había llamado ella para que fuera, pero a las dos lo había despertado diciendo que no quería que se quedara en su cama toda la noche. Y de nuevo, que, por favor, fuera reservado.

—¿Con quién?

Entonces ella lo había empujado hacia la puerta.

Al día siguiente, Anton oyó por radio que hacía treinta años que se había ejecutado la condena a muerte del joven Salvador Puig Antich.

7

Eduard había invitado al escritor a ir con él a Portugal durante la primavera. Anton no conocía el país y tenía ganas de viajar allí. Se alternarían en la conducción. Como editor le interesaba un autor portugués y, además, quería disfrutar con la librería más bella, que, según decía, se encontraba en Oporto. Dijo también que tenían la posibilidad de conseguir una traducción de la novela de Anton, tenía buenas relaciones con un editor. Dos días antes de salir, con la tos risueña que lo caracterizaba, el editor le informó de que Sílvia Cors también se había apuntado al viaje. Anton sintió que le había tocado la lotería.

En el coche, los tres estaban ocurrentes y locuaces, con ganas de alejarse de Barcelona y de la rutina que cada uno vivía. El trabajo de Anton no había parado de aumentar. En buena medida, eran encargos que no se solían pagar, pero que servían para darlo a conocer como escritor. El editor le aconsejaba que lo aceptara casi todo, a excepción, tal vez, de las peticiones que provenían de lejos de la capital. A su juicio, cualquier actividad acabaría recompensando su obra. Bellart formaba parte ya de tres jurados de premios literarios, de eco distinto, aunque solo uno se encontraba entre los mejor dotados. Escribía cuatro artículos semanales: uno gratis, uno mal pagado y los otros dos bastante bien remunerados. Realizaba unas cuantas charlas mensuales, casi la mitad sin cobrar, y, asimismo, participaba en coloquios y mesas redondas. Durante unos meses su teléfono no había parado de sonar y le impedía concentrarse. Francina, en la editorial, le llevaba eficientemente la agenda de actividades. En la empresa familiar, habían encontrado a una persona que asesoraba a Ferran y a su madre. Anton estaba disculpado de colaborar porque todos coincidían, él incluido, en que no era de ninguna ayuda. Visitaba a Òscar un día a la semana en casa de sus suegros y no había vuelto a ver a Alícia. El abogado de Eduard le llevaba los asuntos de la separación.

Antes de marcharse a Portugal, Anton le había dicho a su madre que necesitaba alejarse, dejar reposar la mente, ver caras nuevas. Por un lado, la presencia de Sílvia lo excitaba; por otra, pensaba que viajar solo con Eduard le prometía más libertad.

Lisboa pilló a Anton por sorpresa. Conocía cuatro tópicos, pero la vio acogedora, tan blanca, escalonada y modesta, festejada con las aguas del Tajo y sus puentes. Eduard contó que la primera vez que viajó a Lisboa fue en la Semana Santa del año 1975. Acostumbrado a vivirla en España, con las procesiones de plañideras y los oficios religiosos de luto y, sobre todo, bajo la prohibición de abrir cines, teatros y discotecas, en Portugal había captado un estallido de vida, de alegría de la población tras la Revolución de los Claveles, que había enterrado una larga dictadura sin apenas bajas. Se puso a cantar *Grândola, Vila Morena*, pero no fue mucho más allá después del inicio.

Entonces hacía unos treinta años; ahora los tres abrirían los ojos a las calles y plazas rebosantes de gente, a las espléndidas pastelerías y los bares. Todo era nuevo y fácil. El día, fresco pero soleado. Recalaron en un hotel céntrico con habitaciones espaciosas, decoradas de forma pretenciosa. Momentos de euforia al llegar a un país nuevo pero nada extraño, rodeados por la perspectiva de conocerlo y de vivir allí unos días tranquilos. Eduard dijo que los invitaba a todo hasta una cantidad que tenía marcada, pero que, rio, una vez que llegaran a ella, se repartirían los gastos.

Cada uno ocupó su dormitorio y quedaron una hora más tarde. Duchado y cambiado, Anton se tumbó en la cama inmensa y su pensamiento deambuló por el cuerpo de Sílvia, añorándolo, hasta centrarse en aquella ciudad que, aun antes de ser descubierta, parecía ofrecer hechizos variados. Su mente se posó en el viaje de bodas como en un pétalo de tonos rosados junto a los estambres. Una llamada a la puerta lo devolvió a la suave realidad.

Entró Eduard y, por todo saludo, viéndolo vestido de manera formal, sonrió. Él se había cambiado de ropa, los vaqueros y la camisa de cuadros le rejuvenecían. Llevaba una cazadora beige sobre un hombro.

—¿Qué pasa?

Anton se levantó y los dos fueron hacia el balcón. Estaba a una altura considerable y, sin embargo, desde allí, la calle resultaba ruidosa. El editor le había invitado a fumar y, al decirle que no, había vuelto al zumbido de tuberías atascadas con el que acompañaba sus carcajadas. Se quedaron apoyados en la barandilla, vueltos hacia dentro.

—Por cierto, Sílvia y yo somos libres, pero de vez en cuando salimos juntos... ¡Ya me entiendes!

Anton tenía la sensación de haber afirmado con

la cabeza, y debió de haberlo hecho porque el tema no prosperó. Después de volverse de nuevo hacia la calle, Eduard fumó en silencio. Se estaba haciendo de noche.

—No quiero que lo sepa nadie más —dijo sin mirar al escritor.

Entonces le pasó un brazo por encima de los hombros y lo pellizcó en el cuello mientras reía de nuevo. Le dejaría un moratón.

—Ya ves, la vacuna de la separación no me inmuniza completamente contra las mujeres.

Bajaron lentamente las altas escaleras. Anton se había quedado detrás de Eduard y, para distraer su propio silencio, palmeó la barandilla con ganas. Pero abajo, el otro le esperaba mirándolo fijamente. Tiempo atrás Eduard habría querido ser el escritor; Anton deseaba como nunca ser el editor.

—¡Espero que te parezca bien!

Y descargó de nuevo aquella carcajada de fumador, que entonces a Anton le pareció prepotente, quizá porque, sin nadie pedirlo, situaba a cada persona en su sitio.

Mientras cenaban en un local céntrico y bastante lleno, a la mínima, Anton observaba a sus dos compañeros de viaje. Sílvia se había arreglado como aquella noche de su charla en la que la habían ido a buscar sin antes haberlo acordado y él había terminado en tierra de nadie. Un buen escote en un vestido negro que le llegaba hasta media pierna y el pelo recogido, que le acentuaban la redondez de barbilla, la boca increíble y la esbeltez del cuello. Llevaba un collar de muchos colores a juego con unos pendientes de colgante y zapatos de tacón alto. La veía deseable.

Habían escuchado unos fados. De repente, Anton Bellart cogió un cigarrillo del paquete de Eduard y este se rio de nuevo, largo y cavernoso.

—¡Así me gusta!

El escritor se bebió dos vasitos de oporto bastante seguidos; después, se levantó diciendo que estaba molido y los dejó. Se perdió un rato por las calles dando vueltas a sus preocupaciones. Después de tomar un café en una pastelería y de comprar tabaco, en la recepción del hotel descubrió que los otros dos ya estaban allí. Pensó en si debería taparse las orejas, pero ya dentro de la habitación comprobó que no era necesario. Entonces llamó a su madre y después, en un impulso irresistible, también a Alícia. Elena lo saludó en tono neutro y al cabo de un silencio largo oyó:

—¿Qué pasa?

—¿Cómo está Òscar?

—¡Bien!

—¡En Tenerife no me decías qué pasa!

—¡Me has despertado!

Después de estas palabras, escuchó el clic y, enseguida, la señal de línea libre. Tumbado en la cama atravesado y boca abajo, sin desvestirse, escribió en unos folios arrugados hasta que, en la misma posición, se quedó dormido con la luz encendida.

Los artículos firmados por Anton Bellart sobre el impacto de la Revolución de los Claveles en la cultura literaria de Portugal tuvieron un cierto eco. Su novela se veía por todas partes y la editorial procuraba que fuera más visible aún. Se vendía bien y el proyecto de una serie televisiva iba adelante. El editor le decía a Anton que tenía buena estrella, que siempre acertaba, y era con él con quien celebraba los buenos momentos. No tenía mucho tiempo ni ocasión de hacerlo con otros. Alícia no quería ver ni su sombra, su hermano estaba inmerso en la fábrica y en los estudios. Cuando Anton iba a ver a la familia, la presencia ausente de su padre le era mucho más desgarradora que el desacuerdo de antes de la enfermedad. Más que a nadie, le habría hecho feliz contarle la aceptación de todo lo que hacía. No se había vuelto a ver con Sílvia Cors y, con la sensación de haber pisado en falso, no pensaba ponerse en contacto con ella y deseaba distanciarse del editor, pero Eduard lo llamaba casi a diario; a veces, con alguna propuesta o noticia; otras, solo para darle algún dato o para preguntarle qué estaba escribiendo.

Entonces Alícia se fue a vivir a Madrid. Y después de luchar por un programa de visitas a su hijo, Anton cumplió con las dos primeras. Los llantos casi continuados del niño y la incapacidad de él para encontrar un lugar adecuado en una ciudad desconocida hicieron que se planteara la capitulación. De alguna manera, Elena era su aliada y le prometió que lo avisaría cuando Alícia y Òscar estuvieran en Barcelona.

Un día, en la editorial, Eduard le comentó si se había fijado últimamente en Francina Bieito.

—¿En qué?

—¡Que está como un palillo!

—¡No me lo parece!

Anton pensaba que era delicada, pero con unas piernas de mujer y unos pies de princesa.

—Lleva tiempo con una relación complicada.

—¡Ah!

—He pensado que podríamos salir los cuatro, tú y yo con Sílvia y ella. Pasaremos un fin de semana en Pals, tengo una casa.

—El sábado tengo un almuerzo familiar y no me veo dejándolo.

—Mira, hacemos una cosa: piénsatelo.

Cuando Anton iba a decirle que ya estaba pensado, sonó el teléfono en la mesa del editor. Eduard tenía dos filtros: el de la recepción y el de la secretaria.

—Dime, Doli.

El escritor se levantó a repasar en el estante una vez más las portadas de los últimos libros editados. Estaba a punto de salir su primera traducción, al francés, y Anton anhelaba verla. Oyó que Eduard repetía el nombre de Robert Pontís, el escritor que durante unos días se convirtió en su compañero de viaje. Cuando acabó de hablar por teléfono, Anton dijo que debía irse.

—¡Este sí que es un drama!

—¿Qué quieres decir?

—Necesita dinero. Un autor que escribe bien pero no vende.

—¿Es Robert?

—¡Sí!

—¡Me pareció una gran persona!

—Eso creo, pero ¿qué puedo hacer yo? ¿Has leído su último libro?

—Sí. Está muy bien.

—Todo lo que tú quieras, pero mientras del tuyo ya hemos vendido cerca de cuatro mil, del suyo no hemos llegado ni a los quinientos ejemplares. Sería un disparate que ahora yo publicara otro libro suyo.

Eduard se levantó para acompañarlo a la puerta. Cuando pasó junto a la secretaria, se inclinó y soltó.

—¡De ahora en adelante, cuando llame Pontís le dices que no estoy!

—¿Y si un día te viene a ver en vez de llamar? —dijo Anton.

—Entonces Doli ya sabe qué debe hacer.

Llegó el viernes al mediodía, el escritor había avanzado dos de los artículos semanales. Se levantó de su silla y desde la ventana miró las casas de enfrente. El barrio entero iría quedándose quieto a medida que la tarde mudara en atardecer, el ambiente se tornaría más y más silencioso, como una caja cerrada.

Le esperaban un montón de libros interesantes por leer, las películas del videoclub por elegir y la visita a sus padres por hacer. Pero sabía que el vacío del piso donde vivía lo pondría contra las cuerdas. Ferran tenía una montaña de trabajo y una novia, Carme, pequeña y lista, que estudiaba Biología. Los fines de semana no solía encontrarse en casa de sus padres. Su padre apenas articulaba dos palabras seguidas, pero cuando veía a Anton delante de él sonreía.

El teléfono sonó. La cascada de risa ronca que caracterizaba al editor iba derribando las cartas de la baraja puestas en forma de castillo de cartón. Todos los «no» de Anton Bellart, amparados entre sí para hacer barrera, resbalaron apresuradamente y dejaron su estado de ánimo al descubierto.

Dijo que sí, que se apuntaba para ir a Pals. Y más risa y más tos por parte de Eduard. Saldrían el sábado por la mañana.

Con su labia, el editor desplegaba el Empordà ante los ojos de los escritores, Anton y Sílvia, y de la entonces jefa de promoción, Francina, mientras pretendía guiarlos con el coche o a pie. Mar, rocas, el mercado del pescado, pequeñas tiendas, el acento ampurdanés, anécdotas de Josep Pla, de Mercè Rodoreda, habían formado parte de la conversación hasta culminarla en un restaurante en el que fueron tratados a cuerpo de rey. El regreso a la casa, situada junto a una cala, llenó el coche del silencio de los otros tres. Eduard conducía a mucha velocidad. Hasta que se refugió en la habitación que el editor le había destinado, Anton no miró fuera con los ojos liberados. En esos momentos estaba solo, salió a la terraza y allí delante se encontró el paisaje, la presencia descomunal del mar, la fiesta insistente de la espuma. Su verdad incontestable lo golpeó bruscamente como un poema que hubiera sido escrito para él.

Era el momento del sálvese quien pueda de la tarde. Bieito y él estaban en una planta y Sílvia y Eduard ocupaban la de arriba. El editor le había guiñado un ojo a Anton, pero él no pensaba obedecerle, como el otro parecía haber decidido. Al poco, Francina se dirigió hacia la terraza de al lado y así perturbó aquellos instantes de atención plena. Tras intercambiar cuatro palabras, ambos quedaron sentados cara al mar y, en un intervalo tan dulce para el silencio, ella le preguntó sobre su hijo.

—Hace tiempo que no lo veo. No vive en Barcelona.

Luego, él abrió el libro con el que había salido de la habitación. Pasaron un rato leyendo delante del agua. Un silencio planeaba por toda la casa y sus alrededores.

—¿Salimos?

Caminaron hasta la cala, entonces tranquila. Hacía viento, un viento que se colaba por todos los poros de la ropa y, al poco, dieron la vuelta. Las voces de los otros dos, cambiados de ropa y relucientes de piel, los recibieron en «su» planta. La consigna de Eduard era acercarse a Francia para recordar los tiempos en que iba a ver películas prohibidas.

Volverían tarde y, con las imágenes de una película porno en el cuerpo, había resultado casi inevitable: Francina y él habían dormido juntos;

Anton, imaginando que tenía a Sílvia amarrada y no aquel saquito de huesos.

La vuelta fue silenciosa. Antes de subir al coche, Anton y Sílvia Cors se miraron. En sus ojos negros parecía haber un interrogante, una disculpa, un ruego, una queja. Anton no sabía qué era y prefería ignorarlo. Francina, dormida sobre su hombro, el buen humor de Eduard, lo habían acabado de hundir.

Unos días después, el 20 de noviembre, Anton asistió a la fiesta que cada año se celebraba en el piso del editor. Casi un mes antes de Navidad, la editorial lo había establecido como la fiesta de celebración. Allí estaban la mayoría de los trabajadores, autores y autoras, periodistas y amistades, algunas de las cuales habían sido personas señaladas durante la oposición a la dictadura. Todo el mundo parecía contento. Hasta vio a Sílvia Cors más desenvuelta que de costumbre ante los demás. Como Francina en vez de ir junto a ella, como había ocurrido hasta el momento, no se despegaba de Anton, apenas hablaron, pero sus miradas se encontraron en algunos instantes. El escritor recordaba uno significativo, cuando Eduard, ejerciendo de maestro de ceremonias, con elegancia y una desbordante alegría que dispensaba aquí y allá a pequeños pellizcos, hizo un brindis por la nueva época nacida ese día, hacía ya un puñado de años, que marcaba el hito histórico de un cambio importante para el país, y había acompañado aquellas palabras riendo con su estilo acostumbrado.

El piso del editor estaba en la zona de Diagonal, cerca de la calle Tuset, y el escritor hizo un cálculo aproximado del espacio, que multiplicaba por tres el de su piso. Diferentes salas los acogían, cada una con sus sofás y sillones, cortinas a juego, cuadros y objetos valiosos sobre los muebles. Después de dar vueltas de aquí para allá con la copa en la mano y las camareras que se le acercaban con canapés selectos como si desearan deshacerse de ellos lo antes posible, Anton Bellart y Francina Bieito descubrieron una magnífica sala donde tan solo las estanterías con libros bellamente encuadernados y dos butacas grandes de piel de color canela ocupaban el espacio. El escritor empezó a mirar libros mientras Francina le llamaba la atención cuando descubría algún volumen mítico. Al cabo de un rato, en el que las voces y las risas del resto de los invitados quedaron como un fondo, él averiguó que había obras de autores de todas partes, de aquellos considerados clásicos. Bellart cogió uno y se dejó caer en una de las butacas con un gesto algo cómico.

—Siéntate, querida, estos libros nunca te decepcionarán.

A veces imitaba la forma de hablar del editor. Francina le siguió el juego e hizo lo mismo. Al dejarse caer en el otro sillón, el vaporoso vestido de la chica dejó al descubierto parte de sus muslos, que hacían juego con los pies y las piernas, que el escritor encontraba tan atractivas.

—Este magnífico sillón puede servir para un acto aún más gratificante que el de leer estas obras admirables.

Entonces la puerta, apenas ajustada, se abrió y Sílvia, vestida de rojo, dijo:

—¡Ah! ¡Estáis aquí! Qué maravilla, ¿eh?

Francina devolvió el volumen al estante y se acercó a Sílvia.

—Oye, enséñame...

Mientras las dos mujeres abandonaban la biblioteca, Anton abrió el volumen que tenía en los dedos y leyó las primeras líneas de la *Odisea* de Homero.

Todo lo que le rodeaba le pareció ocioso. ¡Cuánta belleza! ¡Aquello sí que era escribir! Él no era nada y los demás tampoco. No entendía esa repentina tristeza, la sensación de absurdo que le acababa de invadir. De repente oyó que se acercaba la voz de Eduard, capitaneando una exclamación y una carcajada de las suyas. Se levantó de un salto, devolvió el volumen a su espacio después de comprobar, con dos dedos, que no había polvo y salió de ese lugar con ganas de escapar de todo.

Segunda parte

I

Desde que su padre se había puesto enfermo y Alícia lo había abandonado, al escritor le parecía que nadie le llevaba la contraria ni de pensamiento. Aparte de mantener con vida la empresa familiar, su madre y su hermano lo apoyaban en todo. El editor era un amigo especial, que había velado por cada uno de los libros que había escrito y lo había introducido en los medios en los que se ganaba la vida. En casa, Francina leía lo que él escribía con mucho interés y siempre le hacía comentarios positivos. Pero, entre aquellas paredes, la palabra *bodrio* de Alícia todavía le resonaba en el cerebro. Un número apreciable de lectores esperaba cada una de las obras de Anton Bellart. Ya llevaba tres publicadas. Dos de cuentos y la novela.

Cerca de diez años después de la publicación de su primer libro, Anton escribía ficción con mayor calma. Lentamente, se había ido interesando por argumentos con trama política, depositando en el protagonista el interés primordial. Siempre era un protagonista. Revisando el pasado, el ritmo tomaba una velocidad variable y no esa desazón de las primeras obras. A menudo, Anton trasladaba las preguntas que se hacía en su día a día a sus personajes, y al final de la escritura obtenía alguna respuesta, aunque siempre era parcial, casi siempre inútil en su aplicación a la existencia personal. Fuera bohemia o no la vida que llevaba respecto a las personas que cumplían un horario laboral fijo, Anton se encontraba envidiablemente situado en una rutina nada monótona, excepto en lo que se refería a los artículos de prensa, a los que dedicaba la misma cantidad de tiempo, en el mismo horario diario. Había logrado una notable destreza a la hora de escribirlos. Había días que llegaba la oscuridad y no estaba seguro de haber pensado en Òscar.

Por primera vez, después del segundo libro de cuentos, que había tenido una recepción discreta con relación al primero y también una mala crítica por parte de Abel Gallardo, la persona que, fielmente, escribía una como respuesta a cada libro suyo, Anton Bellart tenía el proyecto de una novela. Eduard estaba contento y no podía evitar repetirse. «En nuestro país, los cuentos no tienen éxito.» Pese a saber que el escritor no había llegado todavía a la mitad, cada vez que hablaban, el editor le decía que esperaba leerla pronto, que podía ser un buen momento hacerla coincidir con la emisión por televisión de la serie basada en la primera novela, *Peripecia.* Desde que Francina vivía con Anton, Eduard y el escritor habían dejado de salir de noche y los fines de semana. Bellart procuraba no ir a la editorial si no era del todo indispensable.

Un día, aun sabiendo que eran las horas que el escritor dedicaba a la escritura, Eduard lo llamó porque quería hablar con él con cierta urgencia.

—En la editorial, no.

Quedaron para comer juntos en el mismo restaurante donde, hacía unos años, el editor le había anunciado que su primera obra sería traducida. Mientras esperaba, Anton Bellart se acordó de que entonces había acudido mal vestido a la cita, con una camiseta juvenil que su mujer tenía apartada para regalar o tirar. En el presente, él no se diferenciaba mucho de Eduard en lo externo. Se había cortado un poco el pelo y había engordado. Se fumaba un paquete de cigarrillos de tabaco negro al día. Entonces, en la mesa reservada a nombre de la editorial, sacó uno, pero al ver al editor aproximarse lo volvió a meter en el paquete.

—¡Hola, guapo!

—¿Cómo estás?

—¡Vamos al grano! Francina me ha traído una novela y está bien.

—¿Cómo? ¿Quieres decir una novela suya?

—¡Sí! No se ha atrevido a decírtelo.

—¿Por qué?

—Porque cree que no te gustará saber que ella es capaz de escribir una novela con cara y ojos y tú lo vas a vivir como una competencia.

—¿Dónde? ¿Cuándo la ha escrito?

—¡Ni idea!... ¡Quizá cuando te duchabas!

Se rieron. Aquella situación parecía pertenecer a una escena de ficción.

—Me ha pedido que te lo dijera yo. Parece que te respeta mucho y no sabía cómo hacerlo ella misma.

La carcajada de Eduard retumbó de nuevo. Pasaron a hablar de otros asuntos, ninguna buena nueva para él en relación con las obras publicadas, comieron y continuaron la conversación en la acera fumando. Cuando Eduard cogió un taxi, Anton Bellart pensó que era incapaz de irse a casa a esperar a que Francina llegara del trabajo y hablar con ella de la sorpresa. Se fue al cine.

Cuando al anochecer, después de unas copas,

volvió al piso, Francina le dijo que la había hecho sufrir y Anton se echó a reír por respuesta, con la conciencia inmediata de que él estaba a punto de no afrontar la situación tal y como era necesario. Ella siguió diciendo que sabía que su novela lo habría sorprendido, pero no imaginaba que él reaccionara huyendo. Aquello al escritor le pareció inaguantable y, en vez de rectificar sus formas, que ya se había censurado interiormente, descargó su malhumor. Es decir, que ella hacía la cosa y él era el acusado. Entonces Francina, con sus pies de ninfa, se aproximó a Anton para decirle que, cuando ambos podían estar más cerca, él reaccionaba con celos e incomprensión, como un verdadero macho.

Anton se fue a la ducha en vez de decirle que cogiera sus cosas y le dejara sitio, que era lo que tenía ganas de soltarle. Aunque solo eran las ocho de la tarde, se vistió para la cama. Francina lo esperaba en la sala. Ella debía de haber hecho lo mismo al llegar porque se quitó el albornoz y ya llevaba solo el camisón. Se quedaron callados y, mientras fumaba, Anton se sosegó.

No era mala chica. Al principio, ella estaba tocada por una experiencia desafortunada con un chico cuyo amor duraba desde la adolescencia. De hecho, se había refugiado de su pareja en el piso del escritor y, durante un año, él había tenido miedo de que un día se presentara el excompañero de

Francina y le rompiera la cara. Entonces, cuando Anton aún pensaba en los primeros tiempos, en los que no se conocían y disfrutaban de poseer tantas expectativas uno sobre el otro, Francina se puso en marcha.

No sabía explicarle por qué se había puesto a escribir. En primer lugar, había comenzado como un juego, y ella pensaba que todo se desvanecería cuando se aburriera. Después, se había dado cuenta de que nada de todo eso ocurría; por el contrario, cada vez tenía más ganas de continuar. Y cada vez que se lo quería decir, él estaba demasiado absorto en lo suyo para introducir un elemento nuevo entre ambos. Al escritor le pareció que le hablaba de un amante, y no de un libro.

—Sea como sea, vístelo como quieras, se trata de un caso de falta de confianza —le dijo él.

—¡Lo siento!

—¿Y no se te ocurre otra cosa que llevársela enseguida a Eduard?

—¿A quién querías que se la llevara?

—¡No me entiendes! Al menos, cuando terminaste la novela podías habérmelo dicho. ¿Tanta prisa tenías de ponerla en manos del editor?

—Era para que él te hablara de ella. Yo no sabía cómo hacerlo.

—¡Vaya! Resulta que me como a todo el mundo que me puede hacer la competencia, ¿no?

—Ya te he dicho que lo siento, que me he equivocado. ¿Qué quieres que haga ahora?

—¿Dejar que la lea?

Francina se levantó, su cuerpo se transparentaba dentro del camisón, y, excitada, contradiciendo lo que Anton se esperaba, es decir, que fuera a tirarse a sus brazos, con esos pies que a él tanto le gustaban, descalzos, había hecho un breve recorrido de ida y vuelta hasta poner un ejemplar muy pesado en su regazo.

—¡Uy!

Sin preocuparse de por qué se quejaba él, Francina volvió a sentarse enseguida. Desde el sillón de enfrente, observaba con una sonrisa contenida cómo el escritor, que ahora ya no era el único de la casa, leía el título, abría la hoja de la cubierta y empezaba el primer capítulo.

El padre de Anton y de Ferran había muerto. Ambos tenían la impresión de que se había ido muriendo poco a poco, pero Montserrat, aunque su marido había dimitido hacía días de ser quien había sido, lo vivió como una amputación y estaba muy apesadumbrada. Ambos hijos intentaban estar presentes en el día a día. El escritor se había quedado abatido, jamás podría recompensarle por la decepción que le había procurado. Por su parte,

Francina estuvo a su lado y Òscar le telefoneó, también Elena. Alícia le envió una tarjeta.

Después de unas serias dificultades de atención y de una gran incomodidad, Anton Bellart había acabado de leer el original, el cual, con su peso, lo había destemplado una noche después de ducharse. No era que la escritura de la chica con la que vivía no fuera ágil. No era tampoco que ningún prejuicio le impidiera leer una novela de relaciones sentimentales y de mujeres emancipadas, pero había encontrado más de un lugar común en la trama y más de una escena en la que él se reconocía como personaje. De repente, se le había hecho presente desde otra perspectiva el berrinche de Alícia al reconocer los defectos de su padre en uno de los personajes de *Peripecia*, su primera novela. Pero lo que había pinchado la diana del yo del escritor era más que eso. Era haber descubierto que su compañera había copiado algunos de sus giros de lenguaje y que había utilizado recursos estilísticos que a Anton le había costado captar, y que había comentado ante ella pensando que tan solo hablaba con la mujer de piel fina y pies de ensueño con la que compartía cama.

El editor y Francina habían presionado por diferentes lados a Anton Bellart para que fuera él quien presentase la novela de ella y el escritor, a pesar de no desear hacerlo, había acabado aceptando.

Se recordaba ante un público en silencio, desgranando las características de una novela legible pero que él, literariamente, valoraba como un buñuelo con alas, escrita sin conciencia ni miedo a hacer el ridículo, solo porque tenía la seguridad de que los buñuelos suelen ser de gusto dulce y no suelen volar.

El escritor se encontró atrapado diciendo, sin convicción, todo lo que podía decirse de positivo sobre la obra, arrastrando la voz como si temiera quedarse afónico de un instante a otro. De repente, había captado una mirada entre divertida y compasiva de Sílvia Cors, que ese día lo escuchaba desde la primera fila. Una mirada que a Anton Bellart le había aclarado en quién se estaba convirtiendo él. La descarga de vergüenza había sido tan intensa que el escritor había pasado a decir qué pensaba realmente de la novela, qué opinión le merecían los autores oportunistas en general. Las expresiones de las caras a su alrededor habían comenzado a desmoronarse. A excepción de la de Eduard, que tenía dibujado un buen interrogante, y de la de Francina, que se había teñido de rojo. El silencio de la sala se tensó y, cuando Anton Bellart se levantó de la silla y dijo «Adiós, niña» a la autora y caminó hacia la salida, el público, aliviado, arrancó en fuertes aplausos que Anton se perdió en su mayor parte.

Rato hacía que los representantes de la prensa cultural, aburridos por la tópica intervención de Anton Bellart, habían huido hacia otro evento similar y tan solo un periódico de escasa tirada mantenía allí a la periodista. Al día siguiente tendrían el honor de abrir uno de los pequeños escándalos literarios que inflarían un poco la falta de interés del público general por esos temas.

Fuera por el chisme generado o porque Eduard había movido sus hilos, se propagó una moda. Había que tener el libro de Francina Bieito para decidir si era un bluf o una buena novela y, sobre todo, para descubrir qué había de personal en un determinado personaje que coincidía con Anton Bellart, el escritor que firmaba un artículo semanal en un periódico de mucha difusión. En realidad, para el escritor consorte, la disyuntiva no era exactamente esa, pero a él le daba igual, esa misma noche hizo cambiar la cerradura del piso y dejó ante la puerta tres maletas, la más grande comprada por él a toda prisa, con todas las posesiones de Francina.

A partir del día de la presentación de la primera novela de Francina, la fama de malcarado de Bellart corrió y fue vista bajo ángulos diferentes por algunos papeles de corta vida. Fuera por el escándalo o por la frescura del texto, la editorial vendió muchos ejemplares de aquella primera novela de la Bieito y anunció a bombo y platillo que estaba escribiendo la continuación, una noticia que a Anton le provocó hipo.

2

A veces parece que, de forma repentina, algo que ha estado borroso u oculto durante años se define de un día para otro, de un momento a otro, como si fuera por arte de magia. En un tiempo no muy largo, Alícia le envió los papeles de la separación, su madre y Ferran vieron claro que era necesario vender la fábrica, aunque fuera a la baja, y Francina se convirtió en la escritora de moda.

Anton abandonó la novela que tenía iniciada. De repente, lo que había escrito durante meses le parecía una tontería suprema y, aún más, se sentía avergonzado de sí mismo porque el impulso que lo había movido a escribirla había sido, en el fondo, el de contentar a Eduard haciéndole vender muchos ejemplares; los propósitos eran: llegar a nuevos lectores, extender la fama de su nombre y subir más arriba en valoración y ganancias. Nada que ver con sus verdaderos deseos.

Se organizaría el tiempo. Los artículos para vivir, por la mañana. Se reservaba el anochecer para salir, las horas tranquilas de la tarde y las noches, para pensar y escribir lo que le interesaba. Sin embargo, no le valía solo sentarse en un lugar y dar vueltas a unas ideas. Tenía que escribir.

Sobre todo, norma número uno, desde ese instante viviría solo. Dos. La influencia de Eduard en su vida debía mermar en todo. Tres. No quería que le presentara a ninguna otra mujer y, si era necesario, lo engañaría en cuanto a los progresos en la escritura. Cuatro. Había que reducir cigarrillos y alcohol. Le costó definir las decisiones, pero lo vio claro. Debía hacerlo.

Llegaron las horas destinadas a la creación, era el primer día de la nueva era, esa que él había marcado en su agenda sin consultar a nadie. Estrenó una libreta, escribió una palabra y se fumó el cigarrillo número cuatro. Entonces pensó en la posibilidad de escribir en una biblioteca. Miró las paredes que lo rodeaban y, después de bastante tiempo, pensó en Alícia y Òscar. No le sería fácil respetar el horario, sobre todo al principio, cuando el texto que quiere escribirse es un deseo y no consta todavía de ninguna palabra. Escribió cómo veía a cada personaje. El argumento. Aún no tenía las partes y mucho menos la voz que iba a contar los hechos. El primer rato de larga concentración acabó ocupándole una sola página. Con la cara entre las manos, oyó el teléfono; al tercer ring descolgó. No era Eduard como se esperaba, sino Sílvia. Anton tuvo la sensación de que ella sabía todo lo que le ocurría cuando él empezó a responder con mentiras a las preguntas de rigor. ¿Cómo te va? ¿Qué haces? Etc. Ella lo avisó de que un escritor interesante estaría esa noche en Barcelona. Anton no había leído nada de él, solo sabía que era importante, es decir, de entrada, era de fuera.

—A las siete y media.

—No. A las seis y media, porque si no estará lleno y ni siquiera podremos entrar en la sala.

—¿De verdad un escritor atrae tanto público?

—Uno como Saramago, sí.

Al colgar, Anton decidió que, ya que no se veía con ánimo de empezar nada, de pensar ni con libreta nueva, llamaría a su madre para comer con ella y leería. Cuando iniciaba la lectura, el teléfono sonó de nuevo. Se puso al aparato sin dudar. Pensaba que sería Sílvia para completar la propuesta de la noche. Pero no. Era el canal cultural de televisión. Le propusieron dirigir un programa para criticar libros, al estilo de cómo lo había hecho con el de Francina. Sobre todo, para obtener el efecto contrapuesto, es decir, convertirlo en un libro muy vendido. Le daban tres días para pensárselo. Al escritor le pareció un encargo imposible, pero el hecho de que le hubieran propuesto algo así lo animó. Aún no había muerto del todo dentro de su pequeño mundo.

El hermano de Anton y su vivaracha novia, Carme, se marchaban a Estados Unidos. Él había obtenido una beca para investigar en Boston, en la Universidad de Cambridge, y ella estaba en camino de obtener un lectorado relativamente cerca de él. El escritor le dijo a su madre que podían comer juntos todos los días y, si ella lo deseaba, se quedaría por las noches. Sabía que su madre no era miedosa, aunque Montserrat iniciaba una vida en soledad y el escritor la notaba pasiva, ese optimismo activo que la había caracterizado hasta la muerte de su marido se había esfumado. Ambos estaban solos, pero él, al tercer fracaso, lo había elegido por primera vez.

—Estaré contenta de comer contigo cuando te venga bien, pero no quiero que te lo tomes como una obligación.

—Así no beberé vino ni fumaré mientras como.

Tuvo que asistir a un montón de reuniones antes de que se definieran las reglas del programa, muchísimo trabajo. Cuando se emitió el primero, el escritor abrió en canal hasta sacar las tripas un total de cinco libros, a punto de ser servidos al telespectador amante de la lectura. En televisión, el trabajo tenía otro ritmo y se trabajaba en equipo. Anton Bellart tuvo que ponerse al día en vestuario y peinado. Todo el mundo le decía que estaba mejor, que había rejuvenecido un montón de años. Eduard lo llamaba casi cada semana. Le pasaba libros de la editorial para que los descuartizara con permiso de los autores. Hacía bastante que no le preguntaba por su novela, notó que al editor no le importaba que la tuviera en barbecho. Lo felicitaba por el programa y le decía que cada día estaba más guapo.

Anton le pidió a Sílvia Cors que se incorporara al programa, pero ella dijo que le costaba mucho concentrarse y trabajar de ese modo; le supondría una pérdida de tiempo que no le convenía. Anton envidiaba su falta de interés por sobresalir. Se veían cuando Sílvia lo llamaba, cada mes o mes y medio; o antes, si coincidían en algún evento cultural. Anton estableció contactos poco a poco en la tele. Fines de semana en *petit comité*. Relaciones de una noche, cena y dormir, a menudo sin reincidencia. El tiempo diario le alcanzaba para el programa y los artículos y ganaba mucho más que antes. De vez en cuando, en las tiendas le decían que su cara les sonaba o que lo habían visto en la tele, pero no solían saber en qué programa ni qué papel desempeñaba. Lucía, la chica de la limpieza, también se lo dijo y lo miró con curiosidad, como si no pudiera creer que aquel hombre al que encontraba con camiseta y pantalón de chándal escribiendo fuera ese otro, vestido con elegancia, que sonreía a la cámara y mostraba la portada de un libro en su mano.

—Mi hijo dice si le firma un autógrafo.

De los propósitos de cambio profundo que se había hecho unos meses antes tan solo cumplía uno: vivía solo. Justo cuando se había situado un poco en el nuevo trabajo, era ocioso creer que pensaría sobre el mundo, la vida, cada noche. Pensó en continuar la novela abandonada. Entonces le pidieron que hiciera crítica literaria escrita en un medio de ámbito estatal y lo invitaron a una feria internacional de literatura. Eduard le propuso escribir una historia ligera.

—¿Qué quieres decir con eso?

—Un ensayo, fruto de tu experiencia con las mujeres, por ejemplo.

—¿Quieres que cuente que soy un fracasado?

—Al contrario, puedes sacarle mucha punta a las relaciones que has tenido. Tienes el don de la ironía. Piensa que ahora estás en las condiciones idóneas para tener un gran éxito de público. La gente te conoce, caes bien y el tema de las relaciones de pareja afecta a todo el mundo.

—Me lo pensaré.

—¿Y qué? ¿Cuándo vamos a cenar?

—Estoy atareado con el programa y ahora me propongo escribir crítica.

—¡Cojonudo! ¡No olvides a mis autores!

—¿Y autoras?

—Y autoras. Pero ya te lo imaginas, Francina no escribirá nada más de éxito e hizo la tontería de dejar el trabajo en la editorial. En cambio, yo creo que Sílvia por fin triunfará, en breve.

—¿Salís?

—De vez en cuando. ¡Cuando ni ella ni yo tenemos nada mejor!

La risa del editor hizo eco en su oído derecho, Anton notó un vacío en el estómago y se recordó bajando la escalera del hotel de Lisboa con Eduard al lado y después, aquella tarde, que entonces le parecía tan extraña, con una especie de cuchillo clavado en las costillas del pensamiento.

Llegó un nuevo aniversario en el que solo su madre y Ferran lo felicitaron y apalabró una comida de celebración para el fin de semana. Pensar en el tiempo que iba dejando atrás le producía perplejidad. Más que decidir él mismo la vida que quería llevar, era la vida la que le marcaba los cambios importantes. Su padre había desaparecido sin dejar rastro de su voluntad sobre él. Lo que el empresario textil le había destinado había volado como polvo en el viento y, extrañamente, la idea de haber despachado su oposición sin esfuerzo estaba allí, aparentemente dormida, como una tortuga escondida en el caparazón, pero ¿quién sabía si estaba a punto de sacar esa cabeza lisa en el extremo de un cuello arrugado y enseñarle la fea cara del desconcierto? ¿Vería todavía levantarse los viejos interrogantes mirándolo? Le costaba admitir que lo que había tenido importancia quedara atrás, sin apenas rastro. Haberse sentido inútil en la fábrica de la familia no le suponía una frustración, pero Anton Bellart se daba cuenta de que, sin pensarlo, había esperado descubrir que un día sería útil, como un deber de la escuela que, aunque tarde, entregarás al maestro, y que, con gran alegría, recibirás su aprobación.

Tras haberle dado vueltas, informó al editor de que podía hacer un libro entrando en temas clave, con ironía, rebatiendo el proyecto que muchas personas se hacen de un futuro inmediato cuando son jóvenes. Así, quizá lo dejaría tranquilo. Se trataba de reírse de uno mismo para aceptarse en un papel distinto al deseado. El título podía ser: *Otro hombre*.

—¡Cojonudo! ¡Adelante! ¡Cuando quieras firmamos el contrato! Pero, aunque te falten unos pocos, al título yo le añadiría: cumplir cuarenta.

El escritor estaba ocupado como no lo había estado en toda su vida. Salía de casa después de escribir los artículos del periódico. Dos veces por semana se iba a la televisión, se reunía o grababan su programa; comía cualquier cosa y seguía hasta el anochecer. Si no volvía a casa enseguida, salía con alguien a tomar una copa, normalmente con alguna. Paraba en algún piso y a las doce o a la una pedía un taxi hasta su casa. Después de haber hecho las maletas de Francina a toda velocidad, no le gustaba invitar a ninguna mujer a su cama. Tampoco sabía por qué no había dejado que hiciera ella sus maletas. O sí lo sabía. Le aburría hablar con alguien de quien ya se había alejado para siempre.

Pero Eduard insistía en el libro por encargo, y Anton tuvo que firmar el contrato y acordar un plazo y un avance de los derechos de autor; era la primera vez en mucho tiempo que Anton Bellart no sufría por el dinero. Y visitó a Eduard en la editorial, que salió a recibirlo pocos minutos después de que la recepcionista avisara a su secretaria por teléfono. Lo llevó en procesión entre los trabajadores de los distintos departamentos. Redacción, derechos, promoción. Tal y como habían hecho los demás, Francina levantó la cabeza al oír la voz de Eduard.

—No hace falta que te la presente.

—No.

Anton forzó una sonrisa y la chica bajó enseguida la cara, de vuelta al trabajo.

Cuando llegaron al despacho del editor, él cerró la puerta por dentro y sacó la botella de whisky del escondite. Anton dijo que no con la cabeza antes de hablar.

—Creía que se había ido de la editorial.

—Y lo hizo, pero regresó después de que le rechazara la siguiente novela.

Risa de Eduard.

—Supongo que trató de entrar en alguna otra editorial... Mira, me dio pena..., pero le bajé el sueldo; su puesto ya lo tenía el chico que has visto antes, Jordi. Ella tiene más experiencia y lo ayuda. Hasta diría que han empezado a salir juntos. A escondidas, ¡claro!

El editor volvió a reírse después de dar un trago del líquido amarillo con el que había llenado el vaso. Anton no sabía qué decir y agradeció la interrupción de la joven que traía su contrato. Era rápido escondiendo botella y vaso y lo era poniendo cara seria. No estaba seguro de si el aroma también le obedecía. Firmaron en silencio y volvieron a hablar de plazos. Cuando la chica salió, Eduard preguntó si le gustaba y él respondió que no se había fijado en ella. Mientras el otro se reía con ese ruido de caverna característico pensó que el editor sabía que mentía. Era una chica muy guapa.

—¿Cuándo cenamos? ¡Coge tu agenda!

—¿La semana que viene?

—¡Cojonudo!

—El martes me va bien.

—Toma, llévate estos libros y ya me dirás qué opinas.

—¡Tengo que irme!

Anton salió del edificio en ascensor. Eduard lo acompañó y no paró de hablar hasta que las puertas metálicas borraron su figura de la mirada del otro y una frase de final previsible se quedó a medio decir.

En la calle se subió a un taxi. Anton descubrió un artículo de periódico dentro del primer libro que Eduard le había propuesto. Lo leyó y un crítico joven de un diario dejaba por los suelos las novelas realistas. Argumentaba que con el tema de la memoria se podían escribir buenos libros de crónicas, de historia contemporánea, de ensayo, pero que la narrativa que seguía ese camino se convertiría, a no ser que naciera así, en obsoleta. En humo. A Anton le sorprendió que, firmando con nombre y apellidos, tirara por tierra las últimas novelas de autores bien considerados, entre los que estaba Robert Pontís, el compañero de viaje de promoción que había quedado finalista del premio que él había ganado.

Una vez en los estudios, buscó a alguien para ir a comer, pero todo el mundo había desayunado tarde o no quería comer todavía. No tuvo más remedio que, solo, ante un plato combinado, pensar en lo que le rondaba por la cabeza desde la muerte de su padre. Quería explicar el origen de la fábrica, los sacrificios de sus bisabuelos, de los padres de su padre y de su padre y Montserrat, las ganancias, la relación con los trabajadores y el colapso final a causa de la crisis y de un hijo sin interés, el desencanto que llevaría al protagonista a la enfermedad y a la muerte.

Se acordó de que una noche no había dormido a causa de una crítica de Abel Gallardo, la de su primera novela, en la que se le tildaba de superficial. Aún vivía con Alícia, pero ya entonces estaban distanciados, ella ni le había preguntado qué le pasaba. Aquella crítica lo había herido porque había descubierto que lo que se decía no iba contra el texto sino contra su persona, y aquello no lo comprendía. Había resentimiento y él no podía imaginar de dónde salía. Ahora que él comentaba libros, en la tele y en el periódico, notaba su poder: mediocre, está claro, pero sonaba en sus bolsillos como monedas de peso. Todos los editores querían que salieran en el programa los libros que publicaban, ya fuera para encajar una sátira o una trasquilada. Recibía llamadas, propuestas que lo halagaban como autor, pero, en realidad, se esperaba recibir de él la recompensa avanzada, dedicar el programa a uno de los libros de la editorial; así la obra en cuestión se vendería, el editor ganaría dinero y la rueda se engrasaría.

Hasta el tono de Eduard cuando le hablaba había cambiado. No le decía ya las cosas como a alguien a quien guiar porque no conoce el terreno que pisa; ahora lo hacía como un alumno al profesor, para que lo dejara entrar en el espacio que dirigía, ya que tenía la llave de acceso. Bellart, sin buscarlo, se había encontrado con el mango de la sartén en la mano y podía dar la vuelta a la tortilla o dejar que se quemara.

3

Desde que había llegado a Venecia, Anton se sentía liberado. La informal recepción de los congresistas, de pie en una fiesta universitaria con un prosecco de calidad, había llenado sus expectativas de cara a pasárselo bien. Una mujer joven y bonita, alumna avanzada del Departamento de Literatura, con un traje generosamente escotado, lo acompañaba y lo introducía en los datos culturales mientras le mostraba unos dientes blancos bajo unos labios pequeños y llenos, que, como sus ojos verdes, estaban bastante decorados.

La intervención del escritor debía producirse al día siguiente a las diez de la mañana, y por la tarde debía regresar a Barcelona en avión. Aquel hecho le aconsejaba no dejar nada para más adelante. Catín le había facilitado el nombre de una editora con la que él trabajaba, es decir, él le enviaba originales para ser traducidos y ella hacía lo mismo. La avisaría de que el escritor iba a la ciudad y que era bueno. El saldo de traducciones iba a favor de Eduard Catín, la editora italiana no se animaba demasiado con obras de autores catalanes.

Anton le preguntó a la estudiante si la señora Bellacqua se encontraba entre los presentes y la chica, después de preguntárselo entre sonrisas a una belleza jovencísima como ella, le mostró a la editora entre los reunidos.

La editora estaba de espaldas; Anton le veía en una mano la copa casi vacía, mientras hablaba con dos hombres. Cubría su esbelto cuerpo, que delataba preparación física, con un elegante vestido largo, negro, con un escote que por detrás le llegaba casi a la cintura. Destacaba entre las mujeres asistentes, la mayoría vestía de forma más informal.

Cuando la señora Fiorina Bellacqua se volvió, Bellart vio un rostro moreno, alargado, que debió de ser de gran belleza; entonces, con un pelo rubio, cortado de forma juvenil, con flequillo, sintió la mirada acerada, penetrante, desde unos ojos azules almendrados no muy grandes. Las finas arrugas, marcadas en descenso a cada lado de la boca, sugerían desencanto. Pero el escritor no interpretaba todavía todas las señales en el rostro de las mujeres maduras. Él quería agradar, seducir, y es lo que intentó sumando un chapurreo del italiano con la osadía de sus opiniones literarias. Las personas que hablaban con la editora se despidieron pronto con un *ci vediamo* y ella preguntó a Anton Bellart si le apetecía visitar la editorial y hablar de sus libros. Por un brillo especial de las pupilas, por la provocación arrogante de sus gestos casi autoritarios, él intuyó que no se podía negar, aunque había quedado con la joven de piel de melocotón.

Siguió a la editora y, mientras avanzaba un pie, el otro parecía querer deshacer el camino. La señora Fiorina hizo una señal a uno de los gondoleros del canal y Bellart se calmó. Cuando ella le cogió una mano para tirar de él hacia la góndola, Anton le sonrió. Había recordado una de las normas de Eduard. La ocasión hace al ladrón: no dejes de robar lo que se pone en tus manos, aunque sea durante unos pocos segundos. Bajo este principio había tenido a Francina, pero en la moderna editorial Bellacqua no era de extrañar que se le borrara su recuerdo. El espacio tenía un sello de gusto italiano, la armonía de un palacio antiguo, restaurado entre el lujo de los amplios espacios, cuadros de marinas y compartimentos abiertos de techo y puerta, con unos pocos despachos aislados. Entraron en uno de ellos y a continuación el escritor sintió cómo una llave rodaba por dentro de la cerradura en mano de la señora.

Más allá de un ventanal inmenso se veía la plaza de las sinagogas y frente a la mesa negra y lisa, de aspecto impoluto, adornada con ordenador, teléfono y carpeta de piel, había un sofá de dos plazas y, enfrente, dos sillones con una mesita baja ovalada. Tras dejar una botella de whisky, con dos vasos anchos y bajos, y un cenicero, la editora se sentó en el sofá. Con la iluminación indirecta de dos lámparas de pie alejadas entre sí se la veía encantadora y distante. Él se sentó en la butaca después de un gesto seco de la barbilla de la editora. Al lado de aquella empresa, la editorial de Eduard le hacía pensar en un almacén compartimentado. Personas, libros, mesas y sillas.

Aquel sitio se sumaba a la sensación de irrealidad que la ciudad de Venecia producía en el escritor, por los canales en vez de calles, por la ausencia de coches y por una variada presencia de vehículos navegando. Aquel espacio elegante y una mujer de mirada altiva que, tras introducirlo en un ambiente seductor, que le despertaba una sensación de riesgo, parecía avisarle de que ella iba a hacerle un cacheo como escritor antes de dictar una sentencia inapelable. Anton notó que se le aceleraba el corazón y sintió un claro impulso de fuga cuando, tras encender un cigarrillo, ella le pidió que le hablara de la literatura que él producía.

Le contó en su inglés básico la aventura de los cuentos y de la novela. Notó que ella había iniciado una sonrisa tras el vaso transparente y pesado, que no acabaría de desplegar. Cuando el escritor no supo qué más decir, se notaba algo mareado, la editora le preguntó que a cuántos idiomas estaba traducido. Anton le dijo que tenía dos traducciones en marcha: al castellano y al francés, pero que opinaba que era un hombre de traducción imposible. Entonces ella se rio de manera ostentosa abriendo bastante la boca.

Después, él no sabía de forma exacta cómo había ido. Tan solo recordaba que, obedeciendo a otro gesto mínimo de la barbilla, él se había levantado para servirle otra copa y ella lo había retenido en el sofá, o cuando había intentado encenderle el cigarrillo siguiente, para facilitárselo, él se había acercado todavía más. Lo que recordaba de forma cierta era que había sido la señora Bellacqua la que había tenido un gesto de estate quieto aquí después de haber pronunciado la palabra *interesante*. Entonces ella se había quitado el cigarrillo de la boca, lo había dejado en el cenicero y le había sonreído por primera vez sin exigencias. Anton la besó esperándose un tortazo o, aún peor, que ella accionara una alarma y aparecieran dos gorilas y lo sacaran a patadas de aquel lugar tan especial. Pero el tiempo de reaccionar pasó mientras el crujido de la seda del vestido y un perfume excelso le producían un estremecimiento tan profundo que apenas se dio cuenta de que el sofá se ampliaba como por arte de magia. Fue un rato delicioso, lento, de besos lánguidos en los que ella llevó la dirección de forma clara. A continuación, un cambio a un tiempo intenso y rápido, en el que él tuvo que modular su prisa al ritmo de ella. Después de que se adormeciese en un sueño que le pareció brevísimo, la señora editora le indicó que, caminando desde la plaza al canal más cercano, encontraría a un gondolero que lo acompañaría a su hotel. Sin pausa, Fiorina Bellacqua le soltó la noticia de que al día siguiente la secretaria de la editorial se pondría en contacto con él. Cuando acabó de vestirse, Anton se acercó a la cara de la mujer y ella le puso delante de la boca el dorso de la mano izquierda. Llevaba un anillo con una piedra brillante de color azul engastada, y Anton temió cortarse los labios. Después de dejar un beso fugaz y avergonzado, el escritor encontró la puerta y salió guiado por una serie de luces piloto. El atardecer se había oscurecido sobre los canales. Efectivamente, era el mismo gondolero, parecía esperarlo con desprecio, aunque quizá era tan solo que ponía cara de estatua.

El portero del hotel le dio una nota dentro de un sobre con una sonrisa cómplice. La joven de piel de melocotón había escrito que lo sentía. Después de esperarlo mucho rato, se le había hecho tarde, pero quizá aún se verían al día siguiente. Soñó que tiraban de él por una pierna hacia el este y por la otra hacia poniente y que estaban a punto de descuartizarlo; cuando ya se veía dividido, se despertó por un grito derramado desde su propia boca.

Dentro del avión, Anton Bellart se sentía afortunado y molesto, molesto y afortunado. Aquella misma mañana, terminada su intervención en el congreso, una mujer con traje chaqueta color tierra y blusa de un verde profundidad marina le había presentado un contrato para traducir su primera novela al italiano. Cuando estuviera a punto, se lo enviarían a Eduard, con quien tenían contacto desde hacía años.

Remachó el adiós con una sonrisa y una frase.

—¡La editora le desea un buen viaje!

La joven estudiante a la que había hecho esperar la noche anterior en el hotel lo había acompañado con miradas de reproche en la lancha que debía dejarlo en el aeropuerto. El agua, tamborileando en los bordes dentro del día gris, levantaba salpicaduras que no llegaban al escritor gracias a la protección de los cristales. Era una imagen más cercana a la de una de las últimas escenas de la película de Luchino Visconti *La muerte en Venecia*, que le había impresionado tanto como la propia novela de Thomas Mann. La ilusión inicial del escritor al llegar a la ciudad se había esfumado. No había tenido tiempo de visitar el Lido, ni el cementerio, ni Murano. Tenía que volver, le vino un escalofrío. La sensación de que, después de hacer el trabajo, lo habían despachado con un talón pesaba sobre su cabeza, más bien espesa. Y así seguiría hasta llegar a Barcelona.

Mucho tiempo más tarde pensaría que ese extraño viaje, en el que por primera vez se había sentido usado como un objeto, había catapultado su fama literaria un buen trecho en su país. El excelente recibimiento de *Peripecia* por parte de los lectores italianos había propiciado que le dieran un premio en Roma, con la traducción inmediata del libro de cuentos por parte de Bellacqua y una serie de traducciones a lenguas extranjeras que se habían producido en cadena. Aquellas noticias habían llenado de orgullo a Eduard y se habían esparcido por los medios, en especial en la cadena de televisión donde Anton trabajaba, con el fruto inmediato de la revalorización de su obra y, en especial, de su imagen de autor incontestable. Anton Bellart había callado su aventura con la editora veneciana a todo el mundo, su editor incluido, por mucho que

Eduard había intentado tirarle de la lengua al respecto. En el fondo de su pensamiento, le parecía un desprecio el hecho de que la señora Fiorina Bellacqua nunca más se le hubiera hecho accesible en sus siguientes viajes a Italia ni se hubiera puesto al auricular cuando él, hablando con la secretaria de la editorial, había querido saludarla.

Un alud de peticiones, desde entrevistas a conferencias, de presentaciones de libros a presidir más jurados literarios, incluso la lectura de originales de particulares, le inquietaron durante todo el tiempo que tardó en reaccionar. Como consecuencia, de nuevo tuvo que huir de su casa para escribir, hasta que le asignaron un nuevo teléfono. Mientras, Alícia le armó un escándalo porque Òscar, durante una semana, había llamado a su padre a un número que ya no le correspondía.

4

En la celebración de los diez años de una revista cultural, le presentaron a una mujer que trabajaba como agente literaria. Sol Abella era una persona que al escritor le pareció muy joven. Había dado un grito al reconocerlo, espontánea y alegre. Sabía escuchar.

Al poco rato de hablar, Anton ya había decidido cederle la gestión de sus libros en el extranjero. Desde que se encontró hablándole de lo que había mantenido como un secreto de Estado, la novela que en el fondo deseaba escribir, ella se había transformado en una entusiasta del proyecto como coautora. En ese mismo momento, o si podía esperar al día siguiente, Sol se había comprometido a planificarle un programa de escritura y controlarle cada semana lo que escribía o, si a él le venía mejor, todos los días.

El escritor pasó de una organización del horario bastante relajada, en la que se movía tan solo por los trabajos inaplazables, artículos y programa televisivo, a unas horas obligatorias de dedicación a la novela. No le era fácil respetar un horario, pero saber que Sol lo leería y lo valoraría hacía que, una vez terminados los artículos, desayunara y continuase con la novela. En un mes, terminadas las actividades en los estudios de televisión, en vez de vagar de un lado para otro y conseguir citas para cenar, a las seis o más tarde, se iba a casa y solía escribir aún unas tres horas. A las diez de la mañana, le recogían lo que había escrito, se lo hacían llegar a Sol y ella lo iba leyendo.

Se dio cuenta de que se había perdonado demasiado tiempo el hecho de no escribir por estar cansado o no tener ganas. Al poco de pertenecer a la agencia de Sol, vio impulsado su potencial de escritor, engañado durante meses por actividades destinadas a ganarse la vida y disminuido por el efecto de las dudas y de cierto desencanto.

La agente propuso a Anton Bellart revisarle los contratos que había firmado con Eduard. Al escritor le parecía bien que alguien hiciera el trabajo que él detestaba. Después, ella le informó de que, con sus libros, él había contraído pactos durante muchos años y que estos no eran muy sustanciosos. Cuando caducaran, la agente podía negociarle otros nuevos con mejores condiciones. Le dijo que había una editora a quien Sol conocía bien que estaba muy interesada en un nuevo libro suyo. En todo caso, Eduard debía saber que no estaba solo en el interés por la obra de él.

El editor había llamado a Anton al poco de enviarle el libro de Sílvia Cors para el programa que dirigía. Le dijo que aquel debía suponer la consagración de Cors como novelista. Por aquel entonces, Eduard salía con una colega que dirigía una editorial pequeña de fuera de Barcelona, el gremio lo sabía y, a veces, Anton se había preguntado si la relación entre el editor y Sílvia continuaba, pero no había dado ningún paso para averiguarlo.

El funeral de Robert Pontís, una ceremonia civil, situó al escritor como un individuo más rodeado de muchas personas en un absoluto silencio hasta que su mujer, sus hijos, sus amigos trenzaron una serie de testimonios que dibujaban al hombre que Anton había adivinado en ese corto tiempo de convivencia durante la promoción de su primera novela. Bajo la apariencia de un pesimista cascarrabias de ideas claras, se levantaba la imagen de una persona generosa y sensible. Anton Bellart se sorprendió al ver al presidente de la Generalitat porque Robert Pontís renegaba de los políticos en general y porque como autor se sentía menospreciado. Él sabía que nunca podría vivir de su trabajo, pero había escrito primorosamente usando la lengua propia con normalidad excelsa. Como quienes no tenían otro oficio para ganarse la vida, solía presentarse a concursos literarios. A Anton le parecía aún oírlo cuando le decía que cualquier autor de fuera, por el hecho de serlo, era mejor valorado que la mayoría de los del país; de una cultura que daban por salvada y por menor. En iguales condiciones, muchas personas preferían consumir libros de otra cultura, aunque fuese traducida.

Anton Bellart creía que, comparado con Pontís, él había tenido suerte. Los hechos se habían encadenado de tal modo que, desde su estreno como autor, había recogido frutos de todo tipo sin apenas esforzarse. Dinero, fama, trabajo que le apetecía, perspectiva de futuro. Había pagado el precio de la separación de Alícia, no veía crecer a su hijo. Se le ocurrió pensar en quién lloraría en su funeral aparte de su madre y de su hermano, e, incluso, qué lector o lectora releería sus libros.

Aladas, la obra de Pontís, la que había quedado finalista pero no se había vendido demasiado, le había vuelto a dejar un poso de vida intensa cuando, al enterarse de la muerte del autor, la había buscado en el estante y la había recomenzado. La había releído hasta el final y había encontrado lo que él no tenía y que perseguía, pero quizá nunca lograría. Sabiduría en la elección de las palabras, intensidad, belleza con mayúsculas. ¿Cómo podía sentir celos de alguien que había muerto sin recibir el merecido tributo de reconocimiento y sin dinero?

A la salida se vio con Sílvia, Eduard y otros conocidos. Sol saludó a Anton a distancia.

El editor, después de lamentar por tercera vez que Robert Pontís no le hubiera hecho caso, les ofreció acompañarlos con el coche. Sílvia declinó diciendo que tenía que hacer un encargo por el barrio de Les Corts y Anton aceptó que lo acercara a casa. Mientras conducía, Eduard volvió a manifestar su irritación por la tozudez de aquel hombre, al que él había descubierto pero que siempre había querido hacer lo que le daba la gana, aunque fuera para ir hacia abajo.

—Y mira, la familia Pontís, en la miseria. Pero él ha muerto digno y recibirá todos los elogios.

—Yo creo que él ha hecho lo que deberíamos hacer todos.

—¡No jodas! ¿Así estamos? ¿Se puede saber qué te pasa? En pocos años has conseguido ser un periodista y un narrador reconocido. Tienes fama y te ganas bien la vida. ¿Se puede saber qué hay de malo en todo esto?

—...

—Si no hubiera aprovechado la publicidad a tu

alrededor, si no hubiera hecho que te presentaras al premio, ¿estarías dónde estás ahora?

—Seguro que no estaría donde estoy. Me refiero a que Pontís escribía lo que quería sin temor a no publicar o a no ganar lo suficiente, sin preocupación por los comentarios de la crítica.

— ¿Y te parece bien que haya dejado deudas y que a sus casi sesenta años su mujer tenga que arremangarse para comer?

—Yo le robé el protagonismo y de ese hurto aún vivo. Tú me promocionaste por doquier y él quedó en segundo lugar.

—Ahora sí que me jodes de arriba abajo. ¿Así me agradeces que te hayas podido separar, independizar, seguir escribiendo? ¡Además, tú no le robaste nada, ni yo! Si él no quería ir a ciertos lugares a hablar de su obra, ¿qué culpa tenemos tú y yo?

—Tengo que decirte otra cosa.

Eduard se rio con aquel arrastrar de tos que lo caracterizaba.

—Tengo una agente. Se pondrá en contacto contigo.

—¿Quién es?

—Sol Abella.

—¿Ese aguijón? Pues te lo resumiré: hasta ahora tú y yo éramos una pareja bien avenida y, de repente, tú quieres que seamos un trío que no se llevará bien, atente a las consecuencias. Te aconsejo que rectifiques.

—¡He firmado por un año!

—¡Tú sabrás lo que haces!

Sílvia Cors le propuso verse en casa de ella diciendo que estarían más tranquilos para hablar de su nuevo libro y del programa de televisión. Él prefería quedar en el centro, podían desayunar o almorzar juntos, pero no fue capaz de decírselo. Ir a casa de ella era exponerse a recomenzar lo que había habido con la perspectiva de que la ruptura se repitiese pronto. Eso no lo deseaba, pero habían sido felices un tiempo...

Ella se había alisado el pelo, llevaba pendientes largos e iba con un vestido juvenil, con estampados de tonos suaves y un escote triangular. Era la primera vez que no la veía de color liso, negro o rojo. Anton la encontró atractiva, aunque le gustaba más su rizado natural y cómo le quedaban los vestidos oscuros ceñidos, con sus piernas morenas y suaves. Pero desde su viaje a Portugal, él procuraba mirarla solo a la cara.

Ahora bien, cuando Anton entró en el recibidor, Sílvia lo abrazó cariñosamente y le dio un par de besos sostenidos muy cerca de la boca. Entonces él la retuvo y la besó como un amante. Después de un rato en la cama, cenaron casi en silencio. Él se fijó en que la maceta con caléndulas que había comprado junto a su casa y le había regalado era una pincelada de color vivo entre las bellas figuritas de ébano.

Fue Sílvia quien habló de Eduard. Le dijo que el editor la había ayudado muchos años atrás, cuando ella estaba más que desorientada, y al poco de conocerse habían iniciado una relación esporádica que nunca se había roto, pero tampoco afianzado.

—¿Y no habéis cortado ahora que él tiene pareja visible?

—Veo que ya sabes...

—Estas noticias... Pero ¿por qué no intentamos hacer estable lo que sentimos el uno por el otro, al menos, yo por ti?

—Yo no puedo romper con él, no puedo. Estoy en deuda.

Entonces el escritor le propuso hablar del libro de ella, pasaron un rato como dos colegas. Antes de irse, en pocos minutos, Anton le hizo un resumen de cómo sería la entrevista en el programa que dirigía.

5

A finales de junio, la madre del escritor viajó a Estados Unidos para visitar a Ferran y Carme. Mientras, Alícia había llegado con Òscar a Barcelona y había hecho que avisaran a Anton para verse en casa de los padres de ella.

Anton contó los años y los meses que tenía su hijo, pero lo hizo a media tarde, no el rato antes de dormirse, como solía. Hablaban una vez por semana por teléfono y lo notaba siempre distante, pero en el silencio entre palabras le parecía descubrir que, de alguna manera, Òscar también lo echaba de menos. Después fue a comprarle un regalo dando vueltas a una hebra de pensamiento que se cruzaba sin llegar a hacer ningún punto.

Él creía que entonces estaba mejor preparado para vivir en pareja que cuando se casó. De hecho, la época del primer libro, con Alícia, había sido buena y, en realidad, ahora no entendía demasiado qué lo había estropeado entre ambos. O le parecía poco importante, tan poco como la propia novela que había provocado la separación. En ese tiempo, Alícia también habría madurado y lo cierto era que ambos tenían un hijo en común. ¿Cómo sería el niño después de tanto tiempo sin verlo? ¿Se le parecería? Tenía medio borrada la imagen de la última vez. Pero debían hacer pactos. Él no quería perder la libertad, su trabajo lo requería, aunque estaba dispuesto a transigir mucho para reconciliarse con ella.

Al día siguiente por la tarde, Anton se fue caminando para saborear la atmósfera de mitad de junio. La claridad intensa por las calles del Eixample, la fiebre de los petardos rondando la fecha de San Juan, la visión de los adolescentes nerviosos en época de exámenes, a las puertas de los colegios, le dio la impresión de un perfume de vida intensa, pujante. Las aceras estaban llenas de personas de todas las edades caminando apresuradas. Empezarían por unas buenas vacaciones, los tres solos. Donde quisiera Alícia; la dejaría elegir.

Su suegra lo recibió casi con simpatía y al entrar en la salita vio a su ex sentada, guapa, más mujer, muy elegante, y el niño, aquel niño, le recordó a su hermano Ferran. Parecían un grupo justo antes de tomar una foto. Anton se acercó a él y este no quiso darle un beso, la mejilla derecha del escritor le frotó el pelo justo para notar una leve caricia; la mano que tendió a su mujer era húmeda. Hacía calor.

De nuevo se abrió la puerta, pero no era la madre de Alícia ofreciéndoles una bebida como de costumbre, sino un hombre alto, muy delgado, con unas gafas de montura metálica dorada y fina. Llevaba pantalón gris y americana a juego, le recordó el tipo físico de un actor que hacía de SS en una película de nazis.

—Es mi prometido. Me ha parecido que debías saberlo; sobre todo, porque venimos a vivir a Barcelona. Me interesa legalizar nuestra situación.

El hombre avanzó hacia Anton y este se fijó en que tenía unos ojos de pupilas negras, con la parte blanca grande, que lo interrogaban, con pestañas largas y algo dispersas, como si les hubiese llovido encima y se hubieran distribuido mal. Unos ojos serios.

—Guillermo Ayax.

Le pareció un pipiolo, así, delgado y largo, tan vestido y sin sudar. El tal Ayax se quedó tendiendo la mano hacia Anton, quien se volvió hacia Alícia.

—Entonces, ¿este niño de quien será hijo, de este berbiquí?

—¿Cómo te atreves a insultarlo?

—No es un insulto. Quiere decir largo y delgado.

Òscar corrió hacia la puerta y la cerró tras él con un golpe.

—Podrás visitarlo una vez al mes.

—¿Y de qué servirá? ¿En qué faldas se esconderá cuando vaya a recogerlo?

—Tú tienes derecho a visitarlo, pero, como comprenderás, no podemos predecir su reacción.

Anton Bellart lo miró con fijeza.

—¿Y tú quién eres para tutearme? Yo no hablo de derechos, hablo de necesidades. ¿Podemos hablar sin él?

Alícia hizo un movimiento de la cabeza levantando la barbilla y Guillermo abandonó la salita. Anton comprendió quién cortaba el bacalao allí.

—Necesito tener relación con mi hijo, tengo derecho a ello.

—¡Haberlo pensado antes!

Anton se acercó a Alícia y ella hizo amago de escapar.

El escritor se echó a reír. Ella ya estaba con el pomo de la puerta en una mano.

—¿Quieres decirme cuándo te he presionado yo?

—¡Sabía que contigo de nada serviría intentar tener una conversación civilizada!

—¿Civilizada? ¿Y vienes a exhibirte con el tipo que se acuesta contigo para alejarme más de mi hijo?

—No lo verás, te lo juro.

—¡Ya hablaremos!

Cuando bajó a la calle, todavía lucía aquella claridad, la de antes de San Juan, vio a unos jóvenes que fumaban con cara de añorar el futuro. De vez en cuando, el estallido de un petardo sonrojaba la tarde. Todo lo que rodeaba al escritor era movedizo, multicolor, vida. Volvió a casa y el teléfono sonó, pensó que no quería hablar nunca más con Alícia, pero no podía ser ella.

—¡Oye! ¡Mi disculpa! Estaba nervioso porque esa jovencita, Abella, me ha molestado más de una vez. ¡Pero tienes derecho a tener agente, y si es simpática más!

—...

—¡Uy! ¡Soy incorregible! ¿Cuándo nos vemos?

—¿De qué tenemos que hablar?

—Antes no me preguntabas si teníamos tema, ¿eh? Quiero hablarte de la novela de Sílvia. Se ha empeñado en no presentarla a ningún premio y querría que echaras un vistazo crítico y, tal vez, para ayudarme a convencerla de que necesita un premio importante. Me parece que hace mucho caso de tus opiniones. Yo creo que el libro es bueno, incluso muy bueno, pero el argumento está algo desfasado de la actualidad.

—Podemos hablar los tres.

—Prefiero hacerlo por parejas, los tríos son demasiado peligrosos.

—Ya hemos hablado de ello y la entrevistaré en tres programas.

—¡Ah! ¡Te me has adelantado una vez más!

Eduard ensordecía a Anton con su risa cavernosa; él revivía el encuentro con Alícia y su futuro marido y aquella ronquera lo enervaba.

—¡Me lo pienso y mañana te digo algo!

El escritor telefoneó a Sílvia y le preguntó si había decidido presentarse a un premio.

—¿Te lo ha pedido Eduard?

—¡Uy! ¡Qué lista!

—¿Quieres que quedemos para cenar y hablamos?

—Hoy tengo un mal día, he visto a mi ex y he reaccionado como un estúpido. Ya te llamaré.

Anton guardó en una carpeta los artículos que los periódicos habían dedicado a Pontís, dos de los cuales estaban escritos por él. Después, se publicarían otros más extensos y profundos en ciertas revistas. En total, un grueso considerable de alabanzas al escritor, a la persona, y recomendaciones de leer su obra, poco difundida, a menudo comentada con furia o con distanciamiento. Sumando el total, otro creador menospreciado. Luego vendría la soga del olvido.

6

Tras pasar un mes con Ferran y Carme en Boston, sorprendido y aburrido por igual, Anton regresó a Barcelona. Había tomado notas de la vida de los estadounidenses, observaciones dispersas, de lecturas, de exposiciones, de cara a escribir sus artículos. Por el contrario, engañándose con la palabra *vacaciones*, no había escrito ni una palabra más en la dirección profunda en la que quería avanzar hacia su libro, uno que no estuviera contaminado en origen. Necesitaba saber que estaba obligado a ello, que, por orden de la agente, cada día le recogerían las páginas escritas. El programa de libros en televisión no continuaría en la nueva temporada y, por tanto, tendría mucho más tiempo para escribir, se justificaba.

Comía con su madre una vez por semana. Ella preparaba platos especiales pensando en los gustos del hijo y hablaban. Ante todo, Montserrat le daba nuevas de Òscar, ella lo visitaba cada viernes y se llevaba bien con Alícia. Proyectaban reunirse los tres: abuela, padre y nieto.

Un día, habló con Montserrat de Lolín, la mujer que había cosido en casa de ellos y con la que tenían amistad. Su madre le contó una historia de desavenencia entre ella y su nuera, una administrativa con carácter, en la que Juan, hijo y marido respectivamente, quedaba en medio de ambas. La antigua costurera tenía una sospecha y era que su nieta no lo fuera realmente, es decir, que fuera hija de la joven, pero no del hijo de Lolín. A Anton, los argumentos de la realidad le parecían extraordinarios; en cambio, tenía que darle muchas vueltas a los de ficción para que le resultaran verosímiles. Volvía a pensar en el recuerdo de la andaluza hábil y ocurrente, ese día de lluvia con su padre, la puerta estrecha por donde la mujer se había colado después de agradecerle, tan efusivamente, que la acompañara.

Su padre y él habían cenado solos en un restaurante, no se acordaba del nombre, pero sí de ese rato, tenía imágenes. Con total torpeza, el hombre lo había querido convencer de las bondades de la fábrica, como si se tratara de una mujer con la que quisieran casarlo sin siquiera conocerla; su padre lo había asustado desvelándole la intención de hacer cambios en el negocio en el momento en que él terminara la carrera. Anton no se había atrevido a contradecirle. La cena había sido muy agradable y su padre estaba animado como si ya se hubiera hecho realidad el sueño que había tenido, como si él se hubiera mostrado favorable a participar. Cuando salieron, ya no llovía. Hacía una noche serena y calmosa, y al escritor, desde el coche, las calles de Barcelona le parecieron una panorámica por estrenar. Volvería a hacerse presente el silencio entre él y su padre. Entonces, al recordarlo, le parecía incomprensible. Él no quería trabajar en la fábrica, pero estaba muy lejos de querer decepcionar a su padre y causarle dolor. Anton pensó que, con una conversación sincera, valiente, quizá hubieran podido ponerse de acuerdo. Recordándolo, no entendía lo que lo había impedido. ¿Solo era que los Bellart no tenían el hábito de hablar de los temas que les preocupaban? Todo ocurría tal y como estaba previsto. Él, como primogénito, debía entrar en la fábrica por tradición, y aquello era valorado como lo mejor que podía acontecer dentro de aquella familia y en la vida de él como individuo, una vida como es debido, tal como si la fuerza de la gravedad hiciera aterrizar su peso en una tierra sobre la que estaba destinado a caer como una semilla y un día hacerse tronco y ramas, hojas, flor y fruto. Pero Anton tenía un hacha lista por si el árbol crecía.

Había vuelto a la rutina y la novela iba adelante; Anton, sobrado de dudas hasta que tuvo una reunión con Sol Abella. Ella llevaba consigo tres hojas llenas de apuntes.

En primer lugar, le dijo que la novela tenía mucha calidad literaria, le gustaba y, por tanto, se dirigía a unos lectores de un nivel superior a los de las anteriores, lo que haría reducir su número, las ventas bajarían. Pero era él quien decidía. Aún no estaba terminada, por lo que podía matizar ese tono o mantenerlo de forma absoluta. Le comentó algunos detalles que a él se le habían pasado por alto. Incoherencias, fechas imposibles y alguna repetición. Sol había leído el texto de forma profunda. En segundo lugar, le informó de su sistema. Cuando tuviera la novela terminada, ella la enviaría a tres editores y dejaría que cada uno hiciera su apuesta en dinero, difusión, traducciones, etc. Y, por supuesto, debía aconsejarle el mejor postor.

—Prefiero que Catín tenga prioridad.

—Así, primero se la envío a él.

—¡Aún no he terminado!

—¡Ya! Cuando sea, pero yo me marcaría una fecha para ponerle el punto final.

Aquella espontaneidad de mujer joven, que el día que se la había encontrado le había parecido de una dulzura y de una ingenuidad desmedida, era contundente y siempre lo empujaba a ir más allá de su ritmo. Porque él tendía a ver cómo variaban los resultados según el estado de ánimo y la digestión de la vida diaria.

Al término de la reunión, acordaron que la agente seguiría haciendo que recogieran cada mañana el trabajo del día anterior, pero para ir bien debía ser un mínimo de cuatro hojas. Anton la miró y pensó que algo olía a chamusquina. Él se estaba metiendo en un camino sin regreso, ya no era libre. ¿Y si, de repente, dejaba de interesarle lo que escribía?

—Mira, no. Prefiero escribir cada día lo que pueda.

—Dejémoslo igual que ahora, pues. Solo te aviso de que, a ese ritmo, te quedan al menos dos años para terminar esta novela. ¿Es lo que quieres? Piensa en ello.

Tal y como le había dicho Eduard, era una cabrona.

—Procuraré centrarme y trabajar más horas.

—Muy bien. Si no hay nada nuevo, no nos veremos hasta que la novela esté terminada.

Anton entendió que el tiempo del escritor es oro; el del agente, diamantes.

Montserrat recogía a su nieto en el colegio cada martes al mediodía y Anton iba a comer a casa de su madre y allí se encontraba a Òscar. Durante un tiempo, el escritor pareció invisible para el niño, que se mantenía mudo para él; tan solo se dirigía a la abuela y, si Anton le hablaba, hacía como quien no oye nada. Después de bastantes martes de encontrarse, durante la comida, Anton contó una anécdota en la que él había hecho el ridículo por no entender una cosa y el niño rompió a reír, y desde allí se obró el deshielo. Al cabo de un tiempo hablaban poco, pero lo hacían. Tendrían que pasar unos años todavía para que Anton descubriera, en la carpeta de Òscar, recortes de prensa donde el escritor y sus libros tenían protagonismo. Ya estaba terminando la etapa del instituto.

Anton entregó varias hojas a la semana, en alguna ocasión, bastantes, al chico que las recogía cada mañana. Respondía bien a lo que cabía esperar de su capacidad y dedicación si no era una orden. Aquel hecho tan simple, alcanzar el reto diario, parecía dotarle de nueva energía.

Mientras, la relación con Catín se había aflojado, aunque, con motivo de la novela de Sílvia, habían hablado por teléfono de vez en cuando. El libro de su amiga había recibido buenas críticas en revistas literarias y una feroz en el diario de mayor tirada. Entretejidas con pretendidos argumentos literarios, se habían infiltrado referencias negativas en el punto de vista femenino. La autora estaba quejosa, pero Catín estaba contento. Vendía ejemplares.

Cuando el escritor tenía la segunda novela avanzada, pasaron por un canal televisivo la serie basada en la primera, *Peripecia*, y de nuevo su nombre engordó en los medios. En todas partes se ratificaba a Anton Bellart como uno entre los consagrados, cuando la mayoría de aquella corta lista ya descansaba en paz. Otra ola de llamadas para llevar a cabo pregones, hacer de jurado en concursos literarios, ofrecer charlas sobre temas diversos se abalanzó sobre él y le dejó una espuma de inquietud y de irritación. Hasta que la agente le dijo que se haría cargo de ello. Tenía que decir que no a la mayoría de las propuestas si quería escribir, pero Sol, de vez en cuando, le advertía:

—Aquí no puedes fallar.

Hasta que la novela estuvo terminada.

Eduard Catín recibió la primera opción y al cabo de un par de días lo llamó.

—Me gusta, pero has cambiado el tono y el estilo.

—Sí. Está mejor escrita que las anteriores.

—No digo que no, pero se venderá menos y esa agente tuya me pide un dineral imposible.

—Tú decides. Yo estoy en su agencia y he aceptado la forma de vender que tienen.

—Me gustaría hablar contigo, de hombre a hombre.

—¿Y con Sílvia cómo hablas?

—¿Qué quieres decir con eso?

—Que no sé cómo te las arreglas con las autoras.

Después de un instante de silencio soltó su risa espesa de fumador.

—Déjate de hostias y hablemos. Después, si lo dejamos así, llamaré a Sol.

Y quedaron al día siguiente para comer. Informada la agente, hizo saber al escritor de forma contundente que no podía jugar en dos equipos. Ella, como agente, le buscaba las mejores condiciones. Él era quien escribía, pero no quien hablaba de contratos con los editores. Sol llamó a Eduard y quedaron en verse. El escritor no se puso al teléfono en tres días, había pasado a la condición de cobarde; dicho de otro modo, él le había cambiado las reglas del juego al editor.

Sol y Eduard se pelearon. Ella contó al autor que la había insultado y había estado a punto de agredirla y que olía a whisky. La incomodidad de Anton crecía. No podía decirle a Sol que no le gestionara el contrato, ella había estado trabajando un largo tiempo gratis para él, pero llamó a Catín y le propuso verse. El escritor acudió a la editorial.

—¡Ya te dije que era una puta!

—A ver, ¿tú estás interesado en la novela?

—Sí, pero entiéndelo, no a ese precio.

—¡Pues, hombre, déjame probar suerte en otra parte!

—Pero, dime, ¿no te he hecho yo como escritor?

—¡Supongo que lo que he escrito también ha tenido algo que ver!

El editor rio de ese modo arrastrado y peculiar, aunque un tiempo más corto, y esta vez, para el escritor, fue como papel de lija pasando por una herida.

—¡Un poco! Pero, mira, lo principal de una obra es el aval que le da una casa editorial. Si te publican un libro ya significa algo, después ya demostrarás que ese producto verdaderamente vale la pena, aunque lo primero es el nombre sobre la cubierta; antes de publicar, nada se puede demostrar.

Anton no reconoció ante el editor que no se sentía libre de hacer lo que quisiera con su libro, pero se dejó insultar por él. Eduard Catín ni siquiera se levantó de la silla cuando él se fue, y le lanzó un mal agüero, no fuera que el autor se marchase de vacío, sin castigo.

—¡Hoy empieza tu decadencia!

Aunque pensaba ocultar la entrevista a Sol, y a pesar del chaparrón recibido, Anton Bellart estaba más tranquilo y tenía ganas de contarle los cambios a Sílvia. La llamó, pero ella no respondió. No podía trabajar, ni siquiera leer, y salió a dar una vuelta. Al poco tiempo se dio cuenta de que caminaba hacia la casa de su amiga escritora. Anton se acordó de la primera tarde que había recalado allí. A pesar de no habérselo propuesto, llegó y llamó al timbre. La puerta dio muestras de abrirse antes de que pudiera decir su nombre. El escritor, algo sorprendido, entró en el edificio y fue hasta el ascensor con resolución.

La puerta del piso de Sílvia estaba abierta y él se coló dentro y cerró.

—¿Fèlix?

—¿Sílvia?

Ella apareció asomándose desde el cuarto de baño.

—¿Qué haces aquí?

Iba vestida de blanco, vestido y chaqueta, y no iba maquillada. Era una imagen que a él lo descolocó.

—¿Vas a una comunión? —rio él.

—Espero a mi hermano.

—Pero ¿qué pasa?

—Mi padre... Lo enterramos hoy.

Se le abrazó y entonces sonó el timbre de abajo.

—Ahora vete, no quiero que Fèlix me haga preguntas estúpidas, ya te llamaré por la noche.

Anton bajaba por la escalera y oyó una voz aguda y melosa que le llamó la atención. Tenía un deje especial. No sabía nada de la familia de Sílvia. Quizá sí había mencionado a un hermano, pero no a su padre. Ni a su madre. Estaba seguro. Había un personaje clave en la última novela de ella que representaba a un hombre mayor tratado injustamente por la familia, una figura matizada y profunda.

Sílvia lo llamó y quedaron en un tranquilo bar de la plaza Molina, el Varela, cerca de la casa de ella. Hablaron durante dos horas largas bebiendo y fumando. Anton veía que a Sílvia podía favorecerla pensar en otra editorial, quizá en una agente que se preocupara más de la difusión de su obra. Ella le dijo que la novela se vendía bien, aunque los medios de mayor difusión no la habían mencionado. Sus lectores debían de ser muy discretos, estaba contenta, sonrió con esa bella boca, no le importaba publicar y permanecer prácticamente oculta.

—¿Sigues viendo a Eduard?

—Hoy por hoy está atareado.

Apenas hablaron de la muerte de su padre, tan

solo que ya era mayor y que llevaba tiempo enfermo. Anton era consciente de que él había hablado demasiado e, incluso, demasiado bien de su agente. Acordaron irse de allí y, cuando Sílvia se levantó, él le puso un brazo sobre los hombros. La escritora llevaba entonces la chaqueta blanca, pero contrastando con un pantalón negro. Hasta ese día nunca la había visto vestida de blanco.

—Estoy muy cansada, me voy a casa.

Anton le dio un beso en silencio y se separaron. Cuando él ya estaba junto al paso de peatones oyó su nombre y vio que ella le venía detrás, y, sin más preámbulos, se le abrazó. Después siguieron caminando Balmes abajo hasta llegar a la calle València. Entonces Anton dobló la esquina y tomó esa calle. Mientras, ella le contó que la muerte de su padre era un dolor muy profundo, que removía un conflicto antiguo, y no se atrevía a estar sola esa noche.

—¿Es el Juli de tu última novela?

Ella se rio.

—¡Tocada!

Cuando Sílvia tenía unos doce años, su madre acusó a su padre de entenderse con una vecina, que quizá recibía señores en el piso, y de burlarse de ella ante todos los vecinos de la casa. Él lo negó, pero la madre insistía, le pinchaba a cada momento con insinuaciones referidas a ello hasta que él dejó a la familia. Sílvia y su hermano habían creído a su madre y no quisieron tener más relación con su padre. Luego, por distintas voces, Sílvia había sabido que su padre no era culpable, la propia madre, tarde, se lo había confesado. Lo había acusado sin estar segura, por celos, pero entonces ya hacía años que le habían perdido la pista. Hacía poco su hermano lo había localizado. Ella no había podido recuperar su amor, estaba enfermo y la compañera de él no se había preocupado de facilitarle el contacto. Sílvia dijo que comprendía esa actitud.

Llegaron a la casa en la que el escritor vivía. Subieron al piso, él recordando el propósito de no llevar a ninguna otra mujer; ella, cansada. Allí comieron y se quedaron en vela con las historias reales, para volver después a hablar de ficción. Finalmente se durmieron, como dos niños pequeños, en la cama del escritor.

7

Para Anton Bellart, volvió un tiempo de fama. La serie televisiva basada en *Peripecias,* su primera novela, había obtenido el premio de los espectadores y se había vendido en Alemania, haría de altavoz del autor durante una temporada justo cuando Sol Abella había vendido su segunda novela a la editorial competidora de la de Eduard Catín, que estaba a punto de publicarla. Hablaba todas las noches con Sílvia. Anton hacía casi régimen de hotel en casa de ella. Dormir y desayuno. Por la mañana se iba a trabajar a su casa y, si no tenía actividades, pasaba allí la mayor parte del día. Las cosas que tenía en el piso de ella cabían en una bolsa de deporte mediana. La cena era lo único que no se correspondía con una vida de hotel. Sílvia la preparaba cada noche intentando sorprenderlo, él llevaba vinos de calidad, y la sobremesa se alargaba con conversaciones calmadas y apasionantes en las que fumaban y bebían un poco. Ambos estaban de acuerdo en no intentar mejorar esa situación. Anton había vuelto con dedicación casi total a la escritura de cuentos. Una vez por semana regresaban al Varela, que había sido preludio de aquella segunda etapa en la que se iban conociendo mejor. Excepto los meses de más frío, siempre había unas pocas mesas en el exterior.

Una noche, él fue a recoger a Sílvia, que participaba en un encuentro con lectores de su última novela; llegó poco antes de terminarse el acto y se sentó en la parte de atrás de un aula grande casi llena. La mayoría eran mujeres, y Sílvia aún respondió algunas preguntas. Anton se dio cuenta de que se respiraba un ambiente de comunicación, como si entre esas personas no hubiera en común tan solo la lectura de un libro sino una larga amistad. Era muy distinto al público de sus coloquios, donde se hablaba sobre todo de poder y de ingenio. De éxito, traducciones, series y dinero. Cuando, terminado el acto, se acercó a la mesa donde Sílvia firmaba ejemplares, sintió como algunas personas le contaban hechos personales y le agradecían la novela. En el fondo, Anton esperaba que, al verlo, Sílvia abreviaría y se quitaría de encima los comentarios sin entretenerse, pero no fue así.

Si él hubiera sido el autor, comparó, en ese rato habría ligado con alguna admiradora, pero nunca un lector le había dado las gracias por lo que escribía. Al final, un hombre que también esperaba se acercó a Sílvia, le dijo unas palabras, que él procuró no escuchar retirándose a un lado, y besó la mano de la escritora. Después, ambos salieron y, comentando aquella adhesión de los lectores con su calma habitual y con un beso apasionado, Sílvia fundió la doble tanda de celos de él.

Aquel tiempo bienaventurado se vio sacudido por los actos de promoción de la flamante última novela del escritor. En este caso, la nueva editorial y el agente le empezaron a sacar jugo lentamente hasta que Anton Bellart se sintió exprimido por completo. Le costaba hablar de la obra porque la tenía tan cerca, tan adentro, que le faltaba perspectiva sobre ella. Por primera vez, el escritor hizo frente a una rueda de prensa, en una sala cerrada de la editorial, con nueve o diez periodistas, la editora y el agente. ¡Qué solo se sintió!

Las preguntas, lanzadas con ojo clínico o desacierto, le parecían rascar tan solo la superficie del grosor de lo escrito, enfocar su texto por una rendija con un foco potente y sobreexposición, cuando no ponían el acento en aspectos que le parecían extraños. Habría hecho reformular casi cada una de las cuestiones que le planteaban, pero el instinto le decía que se debilitaría frente a los periodistas si lo hacía. Optó por responder, a pesar de que apenas entreveía el lugar desde donde se dirigían los disparos, sin la suficiente paciencia para elegir tan solo la respuesta que era capaz de ofrecer. Prefería aventurarse, inseguro, con lo que creía que le pedían. Allí fue consciente de que le había abandonado la espontaneidad divertida y simpática, aquella que tan alegremente había difundido una determinada imagen de él desde su primer libro.

Los comentarios que salieron sobre la novela resultaron opuestos, pero no lo suficiente para llamar la atención de forma masiva. En algunos, la novela y el ingenio de él eran bien valorados, pero lo hacían con argumentos vinculados a los libros anteriores o a la serie televisiva, que, como es de rigor, había supuesto una notable transformación respecto al texto original. Otros delataban un bajón de interés lector por la nueva novela razonando que había una mirada reflexiva y un argumento más clásico que en la precedente; sin embargo, le salvaban el estilo y una voluntad de estructurar una obra más contundente, menos ligera. Abel Gallardo afiló bien el cuchillo para pinchar hasta la tripa del autor.

Fue a un programa de televisión, de programa de radio en programa de radio, de entrevista en entrevista. El título salió tres semanas en la lista de libros más vendidos y, después, el movimiento se detuvo por completo, sin apenas transición con el primer estallido. Había otras novelas como novedades: un montón de traducciones de autores consagrados de lengua inglesa, más tres novelas muy interesantes de la misma cultura, que Bellart se leyó religiosamente.

Siempre existe alguna crisis que puede hacerse cargo de la falta de éxito de un libro. La editorial había cubierto gastos, pero había ganado poco. En vez de lamentarlo como él, Sol le hizo ver que, gracias a la profesionalidad de ella, el escritor se había llevado un magnífico adelanto de los derechos, dinero que, tanto si después se vendía más el libro como si no, ya habían cobrado. Pero al poco, Anton sentía, y se lo callaba, que le hubiera gustado mucho más cobrar poco a poco, es decir, que el libro se vendiera con continuidad, sobre todo porque significaba que, cerrado el golpe de efecto inicial, todavía había lectores que querían ejemplares de su original, que se interesaban por lo que él había madurado como una masa con la levadura de un tiempo largo.

Sea como fuere, cada parte estaba moderadamente conforme con los resultados, aunque el autor notaba que se había desinflado la euforia producida durante las temporadas de fama y que se había moderado el deseo de su presencia en tanto que actor de los variados papeles de orador. Anton Bellart tenía la impresión de que algunos colegas lo evitaban si se los encontraba en actos culturales.

Con Sílvia hablaba poco de estas sensaciones. Temía herirla y se sentía ridículo si lo hacía. Ella no había contado con ninguna rueda de prensa, había pasado por menos de la mitad de entrevistas radiofónicas y apenas tenía vínculos con ninguna de las cadenas televisivas. Y, sobre todo, el avance de derechos por su libro debió de haber sido muchas veces inferior al de él. En cambio, ambos pasaban largos ratos comentando lecturas, impresiones sobre estilos, críticas que adulaban obras de autores forasteros, algunas escritas mediocremente, mientras cargaban contra trabajos similares de autores del país hasta destriparlos. Se alteraban, bromeaban, reían, callaban.

El escritor, como ocurría desde su primera conversación, tenía tendencia a poner en práctica los descubrimientos que durante años ella había ido haciendo y que, más tarde, le comentaba. Por el contrario, ella siempre tenía el temor de dejarse influir, incluso pretendía guardar distancia con las lecturas. Cuando escribía narración apenas leía. Anton era rápido transformando para su trabajo un rasgo que le impactaba leyendo a otros autores.

Su relación con Sílvia Cors había adquirido cierta costumbre, había desterrado la urgencia de los inicios, y él había comprendido que, si la amaba, debía ser contando que ella no quería una ruptura con Eduard. Cuando Anton comprobaba que la bolsa de deportes que tenía en casa de Sílvia estaba llena, retiraba piezas u objetos y se los llevaba a casa.

Entonces, al escritor lo invitaron a unas jornadas en una de las delegaciones de la Universidad de La Sorbona, en París. Unos profesores se habían interesado por sus artículos periodísticos y habían estudiado aspectos diversos de su escritura. Temas, técnicas, estilo. Cuando Nicole Grau se puso en contacto con él, no tenía conocimiento de la aparición de su última novela, lo que confirmó al escritor su visión personal, secreta, de fracaso. La propuesta de ir a París le resultaba halagüeña. Se expondrían los diversos trabajos relacionados con sus obras y más adelante se editaría un opúsculo. Cuando se lo dijo a Sílvia, ella pareció no valorar mucho la experiencia que le proponían. ¿Por fin surgía la comparativa? Hacía más años que publicaba en comparación con Anton y nunca había salido al extranjero. Él propuso que fueran los dos, pero Sílvia le dijo que tenía visita con el médico.

—¿Qué médico?

—El ginecólogo.

—¡Ah! ¿No estarás embarazada?

—No. Eso nunca. Además, en París no estaríamos ni tres días y me cansaría demasiado.

Ella sonrió y él notó el impacto de sus palabras, que le habían dado a entender que no quería tener hijos.

Fue muy bien recibido, bien instalado en París. Ambas sesiones congregaron a un reducido número de estudiosos, la mayoría profesores, y de universitarios, una veintena en total, lo que le decepcionó. Acabada la última sesión, tuvo lugar la cena con algunos de los asistentes, una decena de personas. Después, la responsable del Departamento de Hispánicas y promotora de la miscelánea le hizo de guía por algunos bares con historia. Bebieron bastante y, cuando Bellart iba a decirle que necesitaba retirarse, estaban en una barra muy cerca el uno del otro, ella le contó que se acababa de separar, estaba pasando un momento amargo y, de hecho, había estado a punto de anular su presencia en el coloquio que ella misma había organizado. Añadió que estaba contenta del esfuerzo de no claudicar y de haberlo conocido.

Anton pensaba que la profesora era muy agradable, eficiente y no muy guapa, aunque le encantaba su voz, el acento hablando en catalán. Él había tenido ocasión de exponer la construcción de su última novela durante las dos jornadas y había recibido una atención y preguntas que demostraban que la valoraban; estaba contento, agradecido. En un momento en que ya habían dicho todas las palabras, se encontró a la mujer muy cerca. El escritor la besó y la profesora le respondió. Durante un rato fueron como dos adolescentes ansiosos, besándose, besos cada vez más largos y húmedos. Ella lo acompañó al hotel y subieron juntos a la habitación. Al día siguiente, el escritor volvía a Barcelona y ella lo dejó en el aeropuerto de Orly. En el rato de espera, Anton dio vueltas erráticamente por los pasillos con pantallas informativas de los vuelos, bares y atractivas tiendas. Vio unos encantadores peluches y compró uno pensando en Sílvia, pues se sintió mal por aquella aventura pasajera. Una vez en casa, el escritor se fue a dormir hasta que el teléfono le hizo de despertador. Era Òscar desde casa de la abuela, se había olvidado de que era martes y que comía allí. Acudió todavía medio dormido y les contó la parte profesional de su viaje. Por la tarde intentó trabajar y decidió que esa noche no iría a casa de Sílvia. Tenía sueño atrasado.

Cuando la localizó por teléfono, ella le dijo que necesitaba hablar con él y Anton se dispuso a ir a cenar y dormir como casi todos los días, pero ella hizo una propuesta.

—Nos encontramos en el Varela a las ocho, allí estaremos mejor.

Sílvia se veía ojerosa y vestía de gris, una blusa ancha que escondía lo más atractivo de su figura. A pesar de no haber dormido mucho, dos cabezadas durante el vuelo y un par de horas por la mañana, a Anton le dio la impresión de que ella parecía más cansada que él. Le dio el peluche, una simpática ardilla, y Sílvia sonrió y lo cogió. Luego, él le hizo una explicación resumida de la experiencia en París.

—¿Y tú?

—Eduard ha cortado con la editora con la que salía.

—Y eso, ¿qué tiene que ver con nosotros?

—Estaba muy jodido y me llamó y nos vimos.

—O sea, no vienes conmigo y, mientras estoy fuera, tú corres a encontrarte con él. Encima se habrá quedado a dormir en tu casa.

Sílvia se había callado, la cabeza inclinada hacia la falda, donde había quedado el regalo de Anton. Se la veía desolada, como si la culpabilidad le impidiera defenderse, y eso envalentonó a Anton.

—¡O sea, que he acertado!

El escritor se echó a reír mientras ella empezaba a llorar.

—¡Eh! ¡No sufras, tranquila! ¡Tú y yo no hemos firmado ningún contrato, adelante!

—Ahora mismo estamos hablando de distintos temas. ¡Yo te quiero, Anton!

—¿Ah, sí?

—¡Sí!

—¿Pues por qué no me lo explicas, que no lo entiendo?

Anton Bellart había alzado la voz y de las mesas de alrededor lanzaban miradas hacia ellos. Sílvia se había quitado el pañuelo y se lo pasaba por la cara.

—¡Es que no te entiendo, Sílvia! ¿Tú le quieres?

Ella había vuelto a callarse, pero ahora no agachaba la cabeza, sino que miraba adelante como si vislumbrara un escenario donde se produjera la explicación que acabaría dando.

—¿Tú crees que es amor lo que nos aproxima y hace que nos acostemos juntos?

—¡No me pongas nervioso, Sílvia, que esto no es un coloquio sobre tu novela!

El silencio que siguió a las palabras de él dejó el ambiente aún más nublado. Los ocupantes de las mesas de alrededor habían aproximado las sillas entre sí con movimientos de distanciamiento hacia ellos mientras cada uno daba un sorbo en silencio. Mientras, Anton lamentó no haber hecho caso a Nicole Grau y quedarse unos días más en París. ¡Qué burro era! Se imaginó a Eduard diciéndole que la ocasión se coge al vuelo y pensando cómo, a la mínima, el otro tenía entrada de privilegio en casa de Sílvia. Y si el editor sabía de la relación de ambos..., aún tendría más ganas de pisarlo.

Después de un silencio sostenido por ambos, Sílvia cogió el peluche y se levantó en dirección al lavabo.

Si ella no se explicaba mejor, él no entendía qué era eso tan valioso que le debía Sílvia a Eduard. Era imposible que fuera solo que le publicó su primera novela, pero si no se sinceraba, él no estaba dispuesto a que le pusiera los cuernos con Eduard a la primera de cambio... No quería pensar en estos términos, pero ahí estaban las palabras, degradándolo ante su propia mirada. Como ella tardaba, Anton Bellart se calmó. Se entendían bien, Sílvia tenía muchas cualidades; de hecho, habría podido callarse que había estado con el editor, él estaba dispuesto a disculparse porque le había asestado un golpe bajo. No entendía por qué le había subido la mala baba. Entonces le pareció que hacía mucho que la escritora se había levantado. De repente, la vio salir llevando la bolsa de deporte que le hacía de armario en el piso de ella. Se aproximó a la mesa y la dejó justo en el asiento que había ocupado antes de levantarse.

El escritor estuvo a punto de derribarlo al levantarse, y se dio cuenta de que volvían a ocupar el centro de atención. Ella se había quedado de pie a su lado.

—Ya he pagado. Sabía que reaccionarías así y he traído tus cosas.

—¡Vaya con la pitonisa! Sentencia dictada. Y ya está.

El escritor cogió la bolsa deportiva con ganas de estamparla contra ella y contra todo, pero, seguramente por arte de la inteligencia intuitiva, Sílvia ya avanzaba calle Balmes arriba y todo el mundo en las mesas estaba listo para la continuación del espectáculo. Pero la sesión había terminado.

8

Un día, al acudir a casa de su madre a comer, encontró a Ferran. Anton vio cambiado a su hermano, se había hecho mayor profesionalmente en un país diferente y, ahora, los años le habían madurado el cuerpo. Era más robusto y algo más alto que él, pero su expresión delataba inteligencia. Por el contrario, el escritor sabía que los demás encontraban matices cambiantes en su cara y, a menudo, él mismo los veía cuando se ponía delante del espejo. Aquel poco de desesperación de fondo lo volvía irónico cuando estaba atento a unas palabras y burlón, antes de descargar la risa. Si tenía buenos sentimientos, estos debían traslucirse en una fisonomía despistada, que solo podía captarla quien le conocía.

Mientras su madre ordenaba la cocina, ambos hermanos hablaron. Ferran no fumaba, pero sí tomaba café.

—He partido peras con Carme.

El escritor pensó que era la única chica con la que había visto a su hermano y los veía hechos el uno para el otro. Cuando los visitó en Boston le parecieron más ensamblados que nunca. Tuvo el instinto de consolarle, pero Ferran se adelantó.

—La he dejado, aunque lo he sentido mucho.

—¿Tú? Pero que...

—No, no, ella es una persona magnífica. Pero he conocido a una americana que me gusta más. Se llama Hellen y trabajamos en el mismo proyecto. Nos hemos casado, así he evitado renovarme el permiso de residencia, y además está embarazada. Me gustaría que la conocieras.

Lo decía serio, tranquilo, y Anton se echó a reír.

—¿Qué pasa? ¿Por qué te ríes? ¡Tú también te separaste de Alícia y tenías un hijo, quiero decir que tienes a Òscar!

Anton lo miraba descubriéndolo de nuevo. Sí, Ferran era más alto, más listo, más hábil para la vida que él.

—¿Cómo es ella?

El otro Bellart sacó una foto de la cartera. Su madre había entrado en la salita.

—¡Mira!

—¡Guapa! Mamá...

—Ya la he visto. Ferran ha venido a las doce y hemos hablado un poco de todo.

—¡Mañana podéis conocerla! Os invitamos nosotros. Y tú, ¿qué? ¿Hay alguna compañera?

El escritor miró a su madre, con la que había hablado de Sílvia, y dedujo que su hermano sabía algo.

—Sí, pero estos días está muy atareada. Ahora bien, nada serio. Además, yo no entiendo a las mujeres, no va a durar. Veo que tú sí.

—¡Hombre! Yo no me lo planteo así, no intento entenderlas. Creo que se trata de realizar un intercambio que satisfaga al máximo a ambas partes.

Los hermanos se rieron. Primero, Anton. Después, Ferran.

—¿Quedamos a la una en Diagonal con Rambla Catalunya?

—¿A la una?

—Nos viene mejor, pero si a ti...

—¡No, no, ningún problema! Al fin y al cabo, acabo de llegar de Francia y me acostumbraría pronto a este horario.

—Por cierto, ya me ha dicho mamá que tus logros no se detienen.

El escritor lo miró. Parecía sincero. Ningún comentario de la novela que le había enviado con una dedicatoria para él y Carme.

—Bien, ya me lo contarás. ¡Ah! Hellen empieza a entender el catalán y le he leído algunos de tus cuentos. ¡Tiene muchas ganas de conocerte! Y ahora tengo que irme, me espera.

—Yo también me voy, mamá. Mañana te recogeré aquí y vamos juntos a conocer a Hellen.

Se le había acumulado algo de correo. Vio una carta de la editorial de Eduard y la abrió enseguida. Le notificaban que, por falta de espacio en el almacén, procederían a destruir seiscientos ejemplares de la novela anterior; reservaban doscientos, que era casi el triple de las ventas del año anterior. Tenía derecho a obtener gratis los ejemplares que quisiera, pero le estaba prohibido venderlos.

Anton cogió el teléfono y llamó a la editorial. Preguntó por Eduard, le hicieron esperar. No estaba. Preguntó por la secretaria de Eduard. Le hicieron esperar. La entrañable Doli lo saludó escuetamente y, al decirle el porqué de la llamada, ella le contó, paciente y educada, que era una política indispensable. Publicaban tantos libros al año que los almacenes se quedaban pequeños; no había más remedio que destruir. Salía más barato, en el momento que fuera necesario, reeditar. Había que ponerse en contacto con una persona para pedir los ejemplares y le dictó un número. Él le insinuó que le hiciera ella el trámite y la chica lo pasó por alto como si no lo hubiera oído, lo saludó y colgó. El escritor se levantó de golpe y caminó por la casa de un lado para otro. Marcó el número de Sílvia y enseguida colgó. Volvió a sentarse y llamó a quien se encargaba de la destrucción de ejemplares. Le dijo que los quería todos.

—¿Oiga?

Se había instalado un silencio en la línea y Anton pensó que el otro había colgado.

—¿Sabe qué representan cerca de setenta cajas de nueve ejemplares cada una?

—No, pero los quiero todos.

—De acuerdo. Pasaré aviso, aunque tanto peso quizá le hunda el piso.

Hellen era muy guapa. Parecida a una de esas muñecas llamadas Barbie. Les sonrió y les dio la mano; primero a su madre, después a él. Mostraba una ingenuidad chocante en un cuerpo de curvas provocativas. El almuerzo fue aburrido. De hecho, no hablaron de nada interesante. De Barcelona, de la comida, de lo que ellos dos, la madre y Anton, podían entender, casi nada, del trabajo de ellos en la universidad. El escritor estaba distraído y de esa descripción del proyecto no logró escuchar más de unos minutos. En el postre, ella le habló de uno de sus cuentos. Le había gustado mucho, pero no entendía algo; en realidad, eran tres cosas. Con una brillante sonrisa, le hizo ver una incoherencia de la narración y una fecha, que también resultaba imposible. Pero era *huge*. Miraría si alguno de sus amigos se lo traducía. Sí, ya se lo diría.

Ferran estaba especialmente callado. Como alguien que entra de la calle a pleno sol en un vestíbulo oscuro y se queda deslumbrado, durante unos segundos no ve nada. Como alguien que se para para oír de dónde viene el viento para posicionarse. Atento a traducir lo que Hellen no entendía de ellos o su madre no entendía de la chica, intérprete a dos bandas. Anton se fijó en que la pareja no se besó ni se tocaron en ningún momento. Colegas.

A la salida del restaurante se despidieron. Ferran quería llevar a la chica a dar una vuelta por Cataluña, ya los llamaría cuando volvieran, unos días antes de volar hacia Estados Unidos. Entonces, mientras acompañaba a su madre a casa, el escritor se acordó de que cuando él y Ferran eran pequeños, en la piscina, asustaba a su hermano zambulléndose y pellizcándole una pierna o el culo. Y también de unas gafas ovales con cristal grueso y goma azul graduable por las que se peleaban. Se llenaban de vapor y no dejaban ver nada, pero él era el mayor y dictaba la ley. Montserrat callaba.

—¿Qué, mamá?, ¿no te gusta la estadounidense?

—No es eso. Es que cuando se casa un hijo, la relación con su madre cambia. Y yo quería a Carme.

—Entonces ahora conmigo has pasado a la etapa anterior, cuando todavía no estaba con Alícia.

Ella se rio y dijo que sí. Y cuando Anton le preguntó qué etapa prefería volvió a reír.

—¡Siempre quieres saberlo todo!

Lo llamaron del periódico de mayor difusión donde escribía semanalmente. Les dolía, pero le pedían una pausa en sus colaboraciones. Querían abrir el abanico con opiniones de otros ámbitos, valores emergentes, es decir, variar puntos de vista, introducir nuevos temas.

—Vaya, que no están contentos con lo que escribo.

—No, no es eso. Tú no eres el único al que llamamos, ni mucho menos, podrás comprobarlo.

—No lo necesito. He captado el mensaje.

Volvió a su cuento empezado. Una, dos, tres veces. Lo dejó correr. Llamó a su agente, estaba ocupada con un autor inglés que tenía mucho éxito y que pasaba dos días en Barcelona. Debía acompañarlo. Ya lo llamaría ella más tarde. Salió. Volvió a tomar la calle Balmes hacia arriba y cuando había caminado dos travesías dio la vuelta y avanzó hacia abajo. Llegó a la calle Pelai; hacía tiempo que no iba por esa zona y se distrajo mirando escaparates de cámaras fotográficas. Se le ocurrió acercarse hasta la librería Documenta y vio su segunda novela en el escaparate. Su cuerpo se aflojó, las piernas le tambalearon. Continuó hacia la plaza del Pi y se sentó en un bar. Pidió un whisky y se sintió mejor. Menos trabajo, y los paquetes de libros, nada..., entre la casa de su madre y su piso; si era necesario, en el apartamento de Caldes d'Estrac y solucionado. Pidió lo mismo al camarero y encendió el tercer cigarrillo. Hacía unas semanas que había pactado con Sílvia fumar uno por la mañana y uno después de cenar. Hasta el viaje a París, él lo había cumplido. Pero, después de haber encontrado el peluche aquella noche cuando abrió la bolsa de deporte en casa, no pensaba volver más al piso de ella, ni tampoco publicaría con Eduard, aunque se muriera de hambre. Suponía que el veto al periódico venía de él, al igual que le había venido, tiempo atrás, entrar. Estaba decidido.

Cuando se levantó, las piernas no lo seguían bien. Caminando poco a poco, dedicó algo de energía a atravesar la calle Cardenal Casañas para volver a mirar su novela en el escaparate. Se fijó en su nombre y sus apellidos en la cubierta y se le hicieron extraños. Él no era aquel; aquel era su doble. Esta vez la visión de la novela le produjo el efecto opuesto al anterior. Las piernas se cargaron de energía hasta que llegó a la Rambla y pudo tomar un taxi.

Cuando volvió a casa sonaba el teléfono. La agente tenía un respiro. A pesar de estar algo mareado, Anton le contó el asunto de los libros para destruir. Sol le dijo que eso lo hacían todas las editoriales. Él, que era una venganza. Y ella, que nunca debía pensar en esos términos tan personales.

—Es verdad que los almacenes están a rebosar y que se venden pocos libros. Eduard es incapaz de tomarse el trabajo extra de hacer este papel solo para molestarte.

—Y la novela, ¿cómo va? ¿Qué se sabe?

—En unos días quizá tenga cifras. Ya te llamaré. Lo importante es que has cobrado el avance de los derechos, que ha sido el mejor posible. ¿Y los cuentos?

—¿No podrías volver a recogerme el trabajo, aunque sea semanalmente?

—Por supuesto. El lunes empezamos de nuevo, aunque escribir cuentos... ¡Es una lástima que no empieces otra novela!

—¿Tú también?

—¡Yo siempre defiendo tus intereses! Y ahora lo siento, pero...

—Sí, adiós.

Anton se dejó caer en el sofá, sudaba y a sus oídos llegaban una especie de aullidos lejanos.

9

Hellen y Ferran le habían hecho llegar una invitación para el primer cumpleaños de su hija, su hermano escribía que les hacía mucha ilusión que fuera. Pero Anton tenía unas cuantas actividades y mucha pereza, y dijo que más adelante, quizá cuando naciera el segundo, les haría una visita.

Hacía dos meses que había sido editado su nuevo volumen de cuentos, que, para él, había significado un trabajo de síntesis y de ingenio, de pasar un rastrillo con las púas cada vez más juntas. Estaba contento, atrás habían quedado las inquietudes del punto final, los sustos de las palabras infiltradas cuando releía. Estaba infinitamente mejor escrito que la recopilación que lo había dado a conocer, pero la difusión sería modesta. Esta vez también lo había sido el avance de derechos de autor, porque, le había dicho Sol, la editorial no había ganado lo que esperaba con la novela anterior, la primera que ellos le publicaban, y porque él esta vez no había accedido a presentarse a un premio. No había obtenido ninguna otra colaboración en prensa o radio que fuera remunerada y, de la primera editorial, recibía invariablemente sus liquidaciones en rojo. Sol le decía que no valía la pena pleitear por unas cifras ridículas y adquirir fama de autor exigente y maniático.

Salvo la apresurada y acostumbrada mueca que le hizo en forma de palabras Abel Gallardo, la crítica tardó en ocuparse de su libro, que tuvo la desgracia de aterrizar en el mercado editorial en un momento en que estallaban grandes logros de traducciones extranjeras y un triunfo local de una autora muy conocida por el escritor. Se trataba de la segunda novela de Francina Bieito, que había dado la campanada con un tema de malos tratos. Un texto escrito con mucho más oficio que el primero. Había sido un gran triunfo de Eduard Catín. El editor había removido cielo y tierra con una promoción al estilo de los grandes bestsellers forasteros que estaba dando muy buenos resultados. Los críticos que, al fin, habían tenido tiempo de escribir sobre los cuentos de Anton Bellart, lo habían hecho en un espacio reducido, dos de ellos sin acompañar el comentario con una foto. La mejor valoración era de uno que, apreciando el estilo y la contundencia de los finales, juzgaba algunos de los temas como arriesgados. Las otras tres se desviaban en aspectos parciales. Una resumía toda la trayectoria en una columnita, echaba un vistazo a la edición del volumen en la segunda y comentaba tan solo un cuento en la tercera. La otra se alargaba aún más en la trayectoria del autor, resumía los otros tres libros clasificándolos según su valoración, pasaba a repetir las líneas generales que anunciaba la contracubierta del libro y, como conclusión, afirmaba que se había esperado más de ese escritor. Pero la que enfadó más a Anton fue la cuarta, que, aunque no dejaba mal el conjunto del libro, contaba el argumento de tres de los cuentos de principio a fin. Las entrevistas en la radio se redujeron a tres. Sol ya lo había avisado.

—Ya te dije qué ocurre con los cuentos y, además, ahora tu libro se encontrará compitiendo con las novedades del día de Sant Jordi.

Sí. Llegaba el gran día de la fiesta más popular de Cataluña. Las calles volverían a llenarse de rosas, de libros y de gente. Desde el primer libro, Anton había vivido algunos memorables 23 de abril y aquel también estaba ilusionado. Convencido de que, con tiempo y esfuerzo, había dado lo mejor de sí mismo en ese volumen de cuentos, no solo por la elección de las palabras, por la adecuación de cada frase y de las imágenes, sino, sobre todo, porque a través de ellos resumía lo aprendido del mundo y de la vida. Eran experiencia destilada con personajes ficticios de rasgos verídicos. Era él y los demás, en las distintas combinaciones posibles, desfigurando las imágenes para conseguir retratos de una precisión considerable. Sabía que encontraría a sus lectores y que la mayoría le agradecerían el esfuerzo feliz de escribirlos. Y quizá así conseguiría salir adelante, que era lo que más deseaba.

La mañana fue discreta en librerías tradicionales. Firmó varios ejemplares, pero sobre todo de los libros anteriores. Sol le justificó el hecho de que El Corte Inglés no lo hubiera convocado como había hecho cuando había presentado los primeros libros, el del premio y la primera novela. Decía que, por Sant Jordi, cada vez más se ampliaba el negocio y vendían más escritores del mundo, sobre todo, de quienes escribían en castellano. La narrativa en catalán solo se mantenía a flote si, de antemano, había pruebas de que se vendía bien. Pero que no se preocupara. Ya vería cómo sus lectores lo encontrarían y lo abrazarían. Los comentarios para animarlo que recibía de Sol le resultaban al escritor, cada vez más, verdaderas bofetadas. Pero después de lo que Eduard le había dicho no quería prescindir de ella por nada del mundo. Además, no quería engañarse: gracias a Sol, a su control diario de lo que él escribía, había terminado el libro.

A mediodía recaló en el almuerzo informal ofrecido por el gremio de editores a los escritores. Entre la multitud de personas que se acercaban a los mostradores de comida y de bebida vio a Eduard. Anton Bellart lo oía gallear, como si un amplificador rebotara de aquí para allá su tono elevado de mandón. El escritor se tragó el vermut de una vez y pidió otro. En un determinado momento, en el que Anton mordía un dátil con beicon, tuvo al lado al editor, aquel que había sido maestro, mecenas, compañero de desenfreno, pero ambos aparentaron no notarlo. Al cabo de un silencio previo, con la combinación de dulce y salado en la boca, Anton recibió un golpe en el hombro derecho que le hizo tragarse el hueso alargado. Eduard le sonreía, lo felicitaba, le hacía preguntas, le daba estadísticas sin dejarle responder y, a continuación, lo abandonaba en un santiamén como la servilleta de papel ensuciada de margarina o de aceite, de costras, que acababa de dejar sobre una bandeja. El escritor fue al lavabo y despachó hacia el inodoro el minisubmarino hostil que se le había quedado en la boca del esófago. Tras lavarse la cara, vio pasar a Eduard por detrás hacia un váter y entonces, como ya podía hablar, se dio la vuelta.

—¡Oye!

Y el otro siguió caminando como si fuera sordo y ciego o no lo conociera. El escritor pensó en esperarlo, pero cuando ya decidía que no, entró otro hombre y él salió del lavabo y del restaurante. Medio abril pasado y el calor era veraniego.

Por la tarde, con el sol allanando aún más el ambiente algo nublado, fue a una caseta de libros de la Rambla Catalunya donde debía firmar ejemplares. Antes de llegar vio una larga cola y, cuando una azafata ya lo había identificado, lo situó junto al lugar donde se concentraba la mayoría de las compradoras. Se le aproximaron dos mujeres, a las que había conocido en un club de lectura; después, un abogado, excompañero de facultad, que aprovechó para contarle una anécdota de lo más detallada, por si quería escribir un cuento. Anton notaba como si se hundiese en el mar y, por fin, una socorrista, una mujer madura pero bella y elegante compró el libro de cuentos para su marido, y lo salvó por unos momentos. Mientras le entregaba el ejemplar, vio aparecer a Francina con un vestido verde loro, escotado y ligero. Estaba muy guapa y se sonrieron.

Cuando ella se situó en la silla junto a él, le dio dos besos antes de atender a la primera mujer de la cola y él recordó el perfume que tenía en casa en otro tiempo. Al mirarle las piernas se dio cuenta de que las sandalias negras de tacón alto que vestía le transformaban aquellos bellísimos pies de princesa de cuento en unos pies corrientes. Entonces, mientras quedaba tapado por la cola, que serpenteaba inquieta, de los compradores que esperaban la grafía espinosa de Bieito y una flor dibujada que la autora añadía, pensó en Sílvia.

Al cabo de cinco o seis libros que Francina firmaba, Anton recibía a alguien que había hecho el esfuerzo físico de acercarse a él para que le pusiera cuatro palabras a uno de los ejemplares del montón que tenía delante y que duraban mucho mientras que, al lado, ya habían repuesto dos veces el montón de Bieito.

En un momento en que Anton no sabía qué hacer, se acercó a Francina una señora cargada con cuatro volúmenes. Los dos primeros libros de Bieito más dos ejemplares del promocionado, uno quería regalárselo a una amiga. La señora, una fervorosa admiradora de la autora, iba acompañada de una niña de unos diez años. Mientras Francina le firmaba los libros, la mujer le desgranaba las virtudes que encontraba en sus historias. Estaban demasiado cerca para que Anton pudiera dejar de oír lo que le decía. La niña, junto a su madre, acababa de tapar el espacio que correspondía al escritor en la mesa. Anton se hurgaba en los bolsillos por si tenía algún papel que leer, aunque fuera el prospecto de un medicamento donde se subrayan todos los efectos secundarios, pero no era así. Cogió un ejemplar de su nuevo libro, era capaz de empezar a releerlo. Entonces, levantó los ojos y coincidió con los de la niña. En su mirada adivinó el sentimiento de compasión por la inactividad forzada de él que la preferencia abierta y ruidosa de la madre por los libros de Francina Bieito subrayaba.

Cómo le hubiera gustado entonces ver llegar a Sílvia, su belleza exótica abriéndose paso hacia él para llevárselo a cenar, para charlar de lecturas, para dormir juntos, con o sin sexo. Era un imbécil por haberse alejado, la amaba. Podía entender que Sílvia no renunciara a la vieja relación con el editor, pero le había desarmado que se hubiera citado con él llevando su bolsa deportiva, con todo lo que tenía en su piso, decidida a una ruptura sin contar con su concurso. Había sido demasiado radical con ella. La llamaría.

De repente, notó que, por detrás, Eduard controlaba las ventas de su autora de éxito como otras veces lo había hecho con las de él. En el caso de Francina, el editor le hacía el honor de acompañarla, dado que era la escritora más propensa a dar beneficios ese año. En cambio, a Anton Bellart le habían adjudicado a una chica que trabajaba en la editorial, que se comportaba como si estuviera asustada, y él, por la tarde, le acabó diciendo que quería ir solo. La agente no se había dejado ver, tenía libros más prometedores entre sus autores. Aunque Francina no paraba de firmar ejemplares y de dibujar flores y no lo miraba, Anton le preguntó qué se sabía de Sílvia.

—Quizá tú sepas dónde firma ahora ejemplares.

—¿Es que no te lo ha dicho?

—¿Qué?

—¡Ah! ¡Pensaba que estabais en contacto!

Anton sospechó la posibilidad de que ambas se hicieran confidencias.

—Pero ¿qué tengo que saber?

—Está enferma. Lo último que me ha llegado, porque no he tenido un minuto en los últimos días, es que estaba ingresada en el Hospital de Sant Pau.

—¿Desde cuándo?

—Hará una semana.

La mujer joven que estaba frente a Francina había hecho un movimiento de impaciencia. Cuando la autora le acabó de escribir la dedicatoria, la lectora le dijo que no quería que le dibujara ninguna flor. Le dio las gracias por su libro, que le había ayudado a levantar la moral, puesto que, como ella, había sido maltratada.

—¡El libro no es una autobiografía, es una novela!

—Pero es evidente que la protagonista eres tú.

La chica lo dijo ofendida o decepcionada y se marchó sin decir adiós, dejando la frase en el aire y llevándose el ejemplar en una mano levantada como un trofeo, mientras Francina miraba al escritor con las mejillas encendidas. La hilera delante de Bieito no acababa y casi todo eran mujeres; los pocos hombres que le ponían el libro delante para que se lo dedicara solían pedirle que pusiera un nombre de mujer. Justo a la inversa de lo que solía sucederle al escritor. Tan solo faltaba un cuarto de hora para que Anton fuera a cumplir con la próxima librería y giró la cabeza para informar de que ya se iba. Había vuelto a chocar con la cara de Eduard, donde encontró pintada una sonrisa. El escritor comprendió que el otro disfrutaba viéndolo perdedor, junto a una mujer que había sido su pareja y a la que había dejado en ridículo como escritora, pero que entonces triunfaba en ventas.

De repente se acercaron tres personas hacia él. Una pareja de escolares que querían hacerle una encuesta y a los que dijo que debía irse urgentemente y un hombre que le llevaba sus cuatro libros.

—Lo mejor, el último. Estos cuentos son impagables.

—Gracias. Muchas gracias.

Los firmó con cuidado y le dio un fuerte apretón a esa persona. Estaba hondamente emocionado. La noticia sobre Sílvia y el reconocimiento de un lector se habían reunido en un único sentimiento cálido y húmedo.

El escritor llegó a la hora en punto a la caseta que la editorial en la que ahora publicaba tenía en la Rambla. Se disculparía, cogería un taxi, visitaría a Sílvia y volvería en taxi al siguiente puesto donde tenía que firmar. Estaba decidido a ver a Sílvia lo antes posible. Entonces se encontró con la editora, una señora seria y que siempre se había mostrado correcta con él; ya tenía a Sol para tratar los temas económicos con ella. Intercambiaron impresiones sobre el día y entonces llegó la agente, elegante y moderna, e inició comentarios optimistas sobre las ventas de libros de ese Sant Jordi. Cuando se quedaron los dos solos, Sol le dijo, mirando la camisa de Anton, que, en otra ocasión, le daría pautas de protocolo. El escritor se había ido arremangando y desabotonándose cuello abajo a medida que el calor del día aumentaba. Volvía a llevar el pelo demasiado largo y dejado y tenía ojeras. Firmó de pie un libro a una lectora y siguió escuchando a Sol.

—Y, Anton, lamento decírtelo, no puedes despedir a alguien que la editorial te pone para acompañarte.

—¡Que me ponga una mujer de bandera y me dejaré acompañar!

—¡No esperaba de ti comentarios machistas!

—¡Uf! No ha sido mi intención provocar a las feministas, pero esa persona no me acompañaba realmente, iba detrás de mí y, de vez en cuando, tenía que buscarla porque se me perdía. En realidad, quería decir alguien más experimentado, que conozca los mecanismos de un día como este...

—De acuerdo, de acuerdo. Pero ya sabes lo que pasa...

—¿Qué pasa?

—¡Ya lo sabes! Si no te dejas aconsejar...

—¿En qué sitio he bajado?, ¡dímelo! Pero ¿qué quieres que te diga si quiero escribir cuentos y no quiero presentar el libro a ningún premio?

—Pues no podrás quejarte si...

—... por Sant Jordi una persona inexperta es la elegida para acompañarme.

—Bien, Anton, tengamos la fiesta en paz...

—¡Tengámosla!

Un chico lo interrumpió para hacerle firmar el primer libro de cuentos. El escritor se lo dedicó con mucho gusto. Ya pasaban de las siete y cuarto. La agente y la editora, dándole la espalda, susurraban mientras un mago firmaba un libro de trucos sin levantar la cabeza del mostrador y una larga hilera de compradores lo miraba atentamente. ¿Esperaban que de un momento a otro se sacara un conejo de la manga de la americana? Aquel tipo era mago y conocía el protocolo, para firmar libros debes presentarte arreglado. A su alrededor todo el mundo parecía concentrado y Anton se fue. Solo lo notó la chica a la que habían destinado para acompañarlo. Antes de que pudiera abrir la boca, él le dijo:

—Si alguien pregunta por mí, dile que he ido a mear y que ahora vuelvo.

La chica, que quizá no era tan joven como le había parecido al principio, se puso roja y él empezó a buscar un taxi.

A partir de ese momento, cada movimiento se convirtió en una adversidad, excepto la entrada a un bar para tomar un gin-tonic e ir al baño. Era cierto lo que había dado como excusa, pero no era la verdad completa.

Habían cortado la Rambla desde la calle Pelai y el escritor tuvo que andar hasta Rambla Catalunya para encontrar un taxi. Pero la zona central de la ciudad estaba colapsada y bajó del taxi en la calle Diputació, harto de oír parar y arrancar y mirar semáforos en rojo. Caminó un trecho y, pasada la Diagonal, detuvo otro. Eran las ocho, la hora de firmas para la última librería, pero él no estaría allí, ni tampoco había llegado todavía al Hospital de Sant Pau. Cuando el segundo taxista lo dejó allí, Anton Bellart descendió con una rosa roja que se había agenciado pasando entre la multitud. Sílvia se la merecía y él había sido un idiota.

Se perdió de un pabellón a otro hasta que preguntó y encontró el servicio de cuidados intensivos. Allí le informaron de que había otra persona de visita y que tenía que ser familiar de primer grado para pasar. Dijo que era su pareja y el doctor se lo quedó mirando como si quisiera librarse de él. El escritor levantó la rosa.

—Perdone, pero quien ha entrado, su hermano, me ha dicho que no tiene pareja.

—¡Y qué sabrá su hermano! Por favor, necesito verla.

—Lo siento, pero tengo que trabajar.

El doctor tenía una cara delicada y muy seria, con gafas de montura de pasta delgada, parecía buena persona, pero lo había dejado en la estacada como alguien a quien no merece la pena escuchar porque miente. El espacio era reducido y estaba vigilado por personas con bata blanca. Anton dio unos pasos hacia una especie de vestíbulo oscuro y vio, por una pequeña ventana a través de un cristal, una cama alta con tubos, botellas y un rostro con los ojos cerrados. En una silla, un hombre escondía la cara entre las manos como si estas fueran las cubiertas de un libro. El escritor se retiró en el momento en que una mujer con bata, pantalón y blusa blancos entraba y se dirigía a él. Le tendió la rosa y salió. En el pasillo, encendió un cigarrillo.

Entró en un bar delante de la Sagrada Familia y cada tres o cuatro calles entraba en uno y pedía una cerveza e iba al baño. Caminaba fumando y le volvía la sed. Llegó a casa tan tarde que hasta el cóctel de Sant Jordi debió de haber terminado. Se fue directamente a la cama.

Se levantó con dolor de cabeza y empezó el día tomando una aspirina. Se hizo el propósito de tomar café, de ducharse y, con todo el tiempo del mundo, de ir a ver a Sílvia. Que su amiga tuviera los ojos cerrados era muy normal, y también el suero. Preguntaría cómo estaba y daría explicaciones de quién era ante quien tuviera que hacerlo, pensó en coger un ejemplar de su último libro, sabía que a veces aquello impresionaba un poco y se podían abrir algunas puertas.

El atardecer anterior se había dejado llevar por la inseguridad que le provocaba encontrarse dentro de un hospital. Estaba convencido de que se reconciliaría con Sílvia. Mientras preparaba el café escuchaba las noticias. Hablaban de los libros más vendidos y oyó mencionar el título de Francina Bieito. Contra todo pronóstico, esperó oír el título de sus cuentos. Al dar por terminada la estadística, el locutor dijo que debían lamentar la pérdida de Sílvia Cors, una de las narradoras más importantes del momento. Anton Bellart estaba sentado en la cocina, con la taza de café delante. Notó un calor que le empezaba en el pecho y le recorría el cuerpo, dio un suspiro y, sin darse cuenta, se puso las manos en la nuca e inclinó la cabeza hacia delante como si quisiera comprobar que debajo tenía el cuerpo. Se levantó de un salto.

—¡No es verdad!

Se dio cuenta de que seguían hablando de ella, acababan de citar su última novela publicada, aquella que tenía devotos, como si Sílvia fuera una santa de las palabras. Esperó a que la taza de café se derramara sin su concurso, que ese cielo tan azul se pusiera oscuro u oír un ruido atronador, pero no pasaba nada. Nada. Todo seguía como antes de la noticia. Caminó por todo el piso con prisa a punto de chocar con las paredes y, algo extraño, tiempo después se preguntaría por qué se le había ocurrido hacer aquello. Entró en el baño y se miró al espejo; al verse como siempre, salió disparado hacia la cocina. Eran las once y pocos minutos. Entonces volvió a escuchar la radio, reconoció la voz de Eduard, «su editor y amigo», dijo el locutor, y Anton prestó atención como si le fuera la vida en las palabras que vendrían. Todo era previsible: elogios y pesar porque los méritos de la autora no habían sido suficientemente reconocidos por parte de la crítica y de la sociedad literaria. Parecía algo conmovido, pero le había llamado la atención que anunciara que, precisamente, acababa de reeditarse su última novela y estaba programada la reedición de las anteriores. Sílvia no le había dicho que había terminado el libro que escribía, algo que el editor anunció como colofón. Él sabía que aquello no era cierto, a menos que en pocos días Sílvia hubiera puesto punto final. Quería pensar que no era verdad lo que le pasaba por la cabeza, aunque justamente aquella idea lo llevó a andar a grandes zancadas, pese a que resultaba imposible alejarse de sí mismo, y, por fin, entró en la ducha.

Compraría todos los periódicos y leería lo que decían de ella y leería cada reedición. Pero no podía. «Sílvia, ¿qué ha pasado?» Cuando estaba a medio vestir sonó el teléfono. Era del periódico donde él había colaborado hasta hacía poco, le pedían su opinión sobre la obra de la recién desaparecida autora. Se quedó como si acabara de saber la noticia. No podía ser verdad. Dijo que aquella muerte lo había desquiciado y que todavía no podía hablar de ello. No había terminado de vestirse cuando de nuevo sonó el teléfono y no se puso. Por una décima de segundo pensó: será Sílvia, y entonces, con un estremecimiento en el pecho, salió del piso disparado.

Fue al quiosco y compró tres periódicos; sabía que el resto no llevaría nada o casi nada sobre una escritora catalana. Al regresar, se encontró con Concepció, la portera, que le dio en mano el correo postal. Él lo colocó en medio de los periódicos doblados bajo un brazo. Cuando estuvo de nuevo en el piso, dejó la pila de papel encima de la mesa y entonces los periódicos se abrieron y el escritor, entre el arco desigual que formaban los sobres, vio uno con la letra inconfundible de Sílvia.

Tercera parte

I

Anton Bellart no celebró el siguiente día de Sant Jordi. Aprovechó para viajar a Boston; su hermano lo invitaba, le pagaba los billetes y se quedaría en casa de ellos. Ferran había tenido notoriedad en su investigación con Hellen y no les faltaba dinero. Decía que tenía ganas de enseñarle la vida que tenían, llevarlo a dar una vuelta.

Se habían cumplido ya doce meses desde aquel día amargo. Al ver a su hermano en el aeropuerto, Ferran se dio cuenta de que la ropa le iba ancha y contribuía, junto con el pelo que le sobresalía por debajo de las orejas, a una imagen de persona dejada. En la fisonomía del escritor se había infiltrado un gemelo ausente, llevaba un brillo despistado en la mirada. Cuando estuvieron en casa, con Hellen, la niña y el niño, macizos y relucientes, Ferran observó que, para animarse y entablar conversación, su hermano necesitaba una copa de alcohol y fumar. Le advirtió de que no fumaban dentro de casa y salieron al jardín.

Había llegado el rato de quedarse solos y, sin centrarse en ningún tema del todo, hablaron de su madre y de Òscar y del trabajo. Ferran, avisado por las cartas de la madre, que rezumaban preocupación, supo por Anton que había dejado de escribir ficción. El hermano americano pensaba que dos artículos semanales y alguna conferencia debían de proporcionarle una escasa cantidad para vivir.

Hellen se reunió con ellos dos al aire libre. Anton no paraba de fumar y ella, cuando le veía el gesto de buscar el paquete o el mechero, levantaba las cejas y, cuando encendía, casi trinaba, se separaba de él. Las impresiones de Ferran y la información dada por su madre eran desmentidas una a una por las palabras del escritor. Tenía una novela muy avanzada, se estaba pensando a qué editor la llevaría porque los dos que conocía eran a cada cual peor. Había abandonado la agencia de Sol Abella, no la necesitaba. Si precisara un agente, ya se lo buscaría, aunque prefería que fuera un hombre. Todo le iba bien. Su cuñada no contuvo una amplia sonrisa irónica. La primera noche cerraron la conversación en este punto.

En vez de pensar cómo enfrentar al escritor con la verdad, a Ferran se le ocurrían problemas teóricos. Se preguntaba si una persona que ya no es capaz de escribir o terminar una novela sigue siendo escritor. Tiempo antes había comulgado con la idea de que la escritura era una adicción y, debido a la situación actual de Anton, tenía que rechazarla. Asuntos por el estilo lo desvelaban y le hacían sentirse estúpido. Al día siguiente por la noche, después de una cena en la que Anton bebió bastante y a continuación se encontró mal, Ferran lo acompañó al lavabo y Hellen se retiró. A pesar de ser de noche, cuando Anton volvió despejado y pálido al comedor, Ferran preparó café y se lo llevaron con las tazas al jardín.

—No te dejaré ir a dormir hasta que me respondas la verdad.

No le dejó fumar ni beber alcohol hasta que el otro se rindió. Después de una carcajada, cerró los ojos, cabizbajo.

—¡Qué quieres que te diga! Con tres palabras tendrás toda la verdad: ¡soy un fracasado! No escribo nada, ¡lo he echado todo a perder!

—Tú eres bueno y, si me haces caso, volverás a tenerlo todo.

—Todo, no. A Sílvia, nunca más.

—¿Quién?

Ferran no sabía a quién se refería. No había oído hablar de Sílvia o no se acordaba, que era lo mismo. Después de un silencio, el escritor le habló de ella. Se iba serenando. De la relación más que imperfecta que los había unido y de cómo él había sido mezquino y Sílvia quizá algo cobarde.

—Pero estaba demasiado enferma para... ¡no sé!

El hermano vio con sorpresa cómo Anton sacaba una hoja doblada en forma de cruz de la cartera y se la pasaba. Sorprendido, la leyó.

Amor mío:

No te asustes por estas palabras, no tendrán consecuencias. Quiero contarte ahora este fuerte sentimiento hacia ti. Es tan solo un momento de verdad, no puedo esperar una ocasión propicia para expresarlo. Se hace tarde.

Pensaba que tendríamos tiempo de hablar, de vivir uno junto al otro lo que hubiera. La palabra *tiempo*, ¿cuántas veces la habré utilizado en mi vida? ¡Tiempo, tiempo, tiempo! Ahora me parece una bala disparada que ya no puede desviarse.

Si hubiera sabido que la enfermedad podía avanzar tan rápido, te habría pedido que no fueras a París. Llamé a Eduard de madrugada, cuando me encontraba demasiado mal para esperar al día siguiente. Me acompañó al hospital, me visitaron y me tranquilizaron. De alguna forma la historia se ha repetido. De nuevo, él estaba listo en un momento de mucho dolor y de angustia y me ayudó.

Es negociante y egoísta, quizá vanidoso, pero no es mala persona. Él te aprecia y ha sufrido que te distanciaras de él.

La otra cosa, como te decía al empezar, es que, desde mi forma tan insegura, desde mi reserva, te he amado. Pero he sido fiel a lo que un día me dije. Que nunca sería de un hombre, que siempre conservaría el dominio sobre mi vida pasara lo que pasase. No quería atarme a ti ni a ningún otro. Pero ahora debes saber que, con todos tus defectos, he pasado contigo los mejores momentos de los últimos años, ratos y días de esperanza ilusionada y de buen humor. Sé que tú también me quieres, pero quizá no crees lo suficiente en ti mismo y tienes tu orgullo. Te dejo la novela para que hagas lo que te parezca mejor. Adiós, te deseo suerte.

Muchos besos,

Sílvia

Cuando Ferran le devolvió la hoja a Anton los dos estuvieron callados unos instantes. A continuación, el escritor le contó a su hermano cómo se había estropeado la relación con Sílvia. Él llegaba de París, de dormir con una mujer a la que acababa de conocer, y se había indignado con ella porque le había contado que, en su ausencia, se había visto con el editor.

—¡Es que entonces a ese tipo ya no podía soportarlo! No estaba dispuesto a escucharla y pienso que esa noche ella seguramente me habría dicho el motivo. De hecho, me sacó de quicio la manera en que Sílvia me demostró lo indecente que era yo.

Sin dejar el tema de la mujer idealizada, Anton desplegó ante su hermano el funcionamiento del éxito de los libros, la inestabilidad a la que la literatura podía empujar a una persona, lo difícil que era mantenerse presente en un mercado salvaje. Le puso como ejemplo a la propia Sílvia Cors, que desde su muerte era una autora valorada en Cataluña. El editor se había espabilado e iba reeditando sus libros; en cambio, mientras ella escribía y publicaba era casi desconocida, su literatura se mantenía viva tan solo entre sus fieles lectores.

—No resucitarás a nadie ni ningún estado de la cuestión literaria con recuerdos entrañables y tanto análisis cierto. Ahora debes salvarte tú. Tienes a tu madre y a tu hijo preocupados y esto debe acabar. No se lo merecen y tú tampoco.

Ferran añadió que al día siguiente ambos planificarían su regreso a la escritura y a la vida sana, que llegarían a un compromiso. Anton le aseguraba que volvería a encontrarse bien y que reencontraría las palabras.

—Pero ahora tenemos que irnos a la cama.

Sorprendido de que Òscar estuviera preocupado por él, aquello le avergonzaba y le confortaba al mismo tiempo, Anton se durmió y no se despertó en toda la noche, después de meses de pasar las madrugadas entre sueño y vigilia.

Al día siguiente, Ferran le sonreía desde la mesa preparada. Anton, acostumbrado en los últimos tiempos a tomar un café en el bar, cigarrillo y periódicos, se esforzó con un huevo frito después de haber esquivado un zumo de naranja y un cuenco de cereales con leche. Su cuñada y los niños no estaban allí. Ambos hermanos alargaron el desayuno continuando la conversación de la noche, que la claridad de la mañana convertía en otra. Anton, a su pesar, se sentía frágil, cansado. Ferran le dijo que quería presentarle a alguien y ambos fueron al garaje. ¿Sería rubia o morena?, pensó el escritor con una pequeña sonrisa mientras se sentaba junto a su hermano dentro del coche. Después de subir a un piso, Anton vio que golpeaban la puerta de un psiquiatra, de nombre Miquel Vives, y se echó a reír, pero su hermano tenía la artillería a punto.

—No aceptar ayuda es cosa de burros o de machos hispánicos. Me parece que tú no entras en ninguno de estos dos grupos.

Ferran se lo dijo con cara seria y él le siguió en silencio, lo encontraba divertido.

La rubia que les abrió la puerta estaba bien dotada y Anton de buen grado se habría quedado hablando con ella.

El psiquiatra era más joven que su hermano, cordial. Estuvieron hablando sobre las costumbres de Cataluña, la comida, las fiestas, la política, como tres amigos y como si fuera una historia conocida por los tres y muy lejana, tal y como era. Pero de repente Ferran se levantó y dijo que lo recogería al cabo de tres cuartos de hora exactos y salió. La situación, entonces, le siguió haciendo gracia y dando un poco de rabia, pero el chico de detrás de la gran mesa de despacho le había caído bien, ¿qué perdería si seguía hablando? Anton le respondió con datos concretos sobre trabajo, deporte, peso, horas de sueño, pensamientos recurrentes, etc. El tiempo pasó muy rápido y cuando la chica imponente que les había abierto la puerta avisó de que Ferran estaba allí, Anton miró el reloj. Recogió un papel y un medicamento que el psiquiatra le tendía antes de levantarse a despedirlo.

Durante el trayecto apenas hablaron. Él era el hermano mayor, era escritor y casi abogado. Tenía un hijo que había superado la infancia y varios libros publicados, uno con mucho éxito. A la tercera evasiva de Anton, Ferran dejó de hacerle preguntas sobre la sesión y le habló de la culpa que había sentido cuando cortó su relación con Carme, porque era una mujer que valía muchísimo, más que él, y lo decía muy en serio, pero lo que había sentido por Hellen era diferente, insoslayable. Con todas sus energías no pudo superarlo, pero ordenando el conflicto, parcelándolo y abordando las acciones una a una, lo había conseguido.

—¿Y ella?

—¿Quién?

—¿Carme lo ha conseguido?

Ferran se calló unos instantes. Luego dijo que ambos, ella y él, habían hablado mucho. Le había ofrecido la misma ayuda que él se había buscado con Vives, pero la chica era fuerte y había preferido volver a su país y recomenzar.

—Es lo que hace falta que yo haga.

—Este médico es muy bueno, el mejor. Si yo no confiara plenamente en que te puede ayudar, no te habría llevado.

Entonces ambos se quedaron en silencio y cuando llegaron a casa y Anton vio a Hellen se puso contento. Era la primera vez que le ocurría desde que la conocía. Se sentía cansado y echaba de menos un cigarrillo y una copa. Fueron a un almuerzo y una tarde muy distraídos y, por la noche, Anton dedicó todo el tiempo a sus sobrinos. Más tarde, escribió durante una hora y, por la mañana, cuando encontró a su hermano sonriéndole con la mesa puesta, le dijo que se iba, que volvía a Barcelona, que había encontrado un vuelo dentro de dos días. Su hermano era de los que no parecían fuertes, pero lo era, y no dijo ni pío.

—He dejado de fumar y tendré cuidado con la bebida. Sé que las pastillas del doctor Vives me ayudarán, pero sobre todo tengo voluntad para hacerlo.

Mientras decía las últimas palabras, Anton miraba a su hermano de una manera directa, agradecía su apoyo.

—He estado hundido, pero quiero empezar enseguida la remontada.

No le dijo lo que deseaba de verdad. Y era que Ferran no interrumpiera más la investigación para estar con él y que el psiquiatra catalán atendiera a sus pacientes americanos. En serio que ya había empezado.

—Tendrás a nuestra madre como testigo de mis progresos. Y he decidido terminar un libro que hace mucho que tengo empezado.

Le pareció que Ferran hacía el cálculo de los errores que había podido cometer para que él rehuyera su ayuda. ¿Se había precipitado? ¿Volvería a tener ocasión de hacer algo por él? Su expresión delataba los pensamientos que le ocupaban la mente, preocupación y alivio a partes iguales.

Durante el viaje, Anton tuvo el pensamiento ocupado en lo que acababa de vivir durante los pocos días pasados en casa de Ferran. En la vergüenza. Poco a poco, destapó una idea que había captado en la conversación nocturna con él y, también, en el despacho de Miquel Vives.

Había que marcarse un orden, un horario, e intentar cumplirlo. Un tiempo para los artículos, otro para la escritura de ficción. Si, de momento, en ese segundo trabajo solo era capaz de repasar, no escribiría nada nuevo. Quizá, tan solo, una palabra o dos, una frase o más, quién sabía. Leería lo que tenía escrito y pensaría la continuación, la escribiría en un bloc de papel. Aunque fuera borrar o escribir una línea diaria, eso significaría avanzar. Se tomó una de las pastillas que el doctor Vives encontraba imprescindibles para resistir la falta de cigarrillos y de alcohol.

Las horas casi inmóviles se le hacían largas, pero aún faltaba más de la mitad del viaje y no paraba de pensar en la prueba de fuego, hacía tiempo que le daba vueltas. Aislarse, encontrar el norte. El doctor Vives le había dicho que podía probarlo siempre que tuviera unas buenas condiciones y dejarlo si la angustia lo asaltaba. Estaba sentado entre otras personas y se sentía prisionero, no paraba de pensar de dónde sacaría la fuerza para salir adelante. Estaba solo. Entonces Anton pensó en la cara de Sílvia. Intentando verla de forma más clara, ya que se le aparecía detrás de un cristal pequeño y grueso, se durmió.

Después de que la claridad de encima de las nubes lo despertara, estiró las piernas por los pasillos, entre pasajeros envueltos con mantas y chaquetas, en todas las posturas imaginables. La mayoría parecían dormir. Entró en el lavabo en miniatura, donde leyó la prohibición de fumar y deseó con fuerza tener un cigarrillo en los labios, lo echaba de menos más que otra cosa.

Por fin, se situó en una hilera casi vacía al final del avión.

En uno de los cuentos que le había pasado Sílvia, el inacabado, había un circo y un niño del pueblo que lo miraba como si fuera el paraíso y una niña que, desde una de las *roulottes*, parada en la plaza como las demás, observaba al niño desde detrás de la ventanilla y deseaba vivir como imaginaba que él vivía, en una de las casas, y tener una habitación para ella sola, con paredes que aislaran y, también, con ventanas de verdad.

El escritor empezó a escribir sobre una niña dentro de una caravana desastrada, aunque no era de un circo. Anton no sabía si las caravanas de circo tienen algunas características particulares, pero se parecía mucho a una de las que había visto paradas en una zona a la que lo había llevado su hermano. El pensamiento tiene buena letra.

Él se fijaba en aquella niña con la cara apretada contra un cristal como si llevara gafas de bucear. Se acercó para conocerla mejor, como si él fuera el otro personaje, el niño, el que sueña con el mundo mágico del circo y piensa que quienes viven en él participan siempre de la ilusión que comunican a los de fuera. Pero cuando quiso pasar la mirada al otro lado del cristal, el espejismo se coló porque imaginó una espalda de mujer, con los hombros morenos de líneas redondas, como una cresta de dunas, hecha con miles de granitos de arena cálida y dorada. La cara de la niña se había esfumado.

Se acordó del primer día que había ido al piso de Sílvia, de cómo su atractivo lo había perseguido y vencido dulcemente. De repente, volvió la niña, que por la noche se despierta cuando oye el ruido que hace su madre en el estrecho espacio de la caravana mientras mantiene relaciones sexuales con el domador o el payaso. La pequeña contiene la respiración, el aire retenido dentro como un calcetín metido en el zapato vacío, y oye mientras procura no escuchar. Su madre no puede saber que está despierta, aunque sabe que se expone a que la niña la vea. La verdadera historia de Sílvia no es esa. Para empezar, no vivía en ninguna caravana ni sus padres estaban en un circo. En ese punto, el pensamiento del escritor paró de escribir y giró la cabeza hacia el exterior. La luz hiriente en torno al avión lo deslumbró.

2

Necesitaba saber qué hecho había provocado que Sílvia recibiera ayuda de Eduard. Para conseguir la información, no veía otra salida que rehacer la relación con el editor.

En la carta, Sílvia decía que le dejaba la novela, pero no decía dónde. Suponía que estaría en el piso, aunque no había tenido ánimo de ir pese a que conservaba las llaves. Anton solo tenía dos cuentos suyos. Uno era el del circo, y no estaba terminado. Pensó que deberían haberse conocido bastantes años antes. Quizá, en ese caso, los buenos ratos los habrían llevado a una vida estable juntos.

Cuando Anton llamó a la editorial, la secretaria de Eduard ya no era Doli. Una voz distinta dijo que estaba reunido, que le pasaría su nombre, que ya lo llamarían. El escritor intuyó que ni siquiera le sonaba como autor de la casa. Todo normal. Sonrió recordando cómo, cuando sus libros daban dinero al sello, el editor lo dejaba todo para hablar con él. Catín llamó al final de la mañana, la voz como un sonido de abeja que rodea la colmena antes de aterrizar. Un zumbido meloso que Anton sabía que iba acompañado del peligro del aguijón.

Quedaron para comer juntos al día siguiente en el restaurante de siempre. Se vieron y, pronto, un gesto de Eduard irritó a Anton. Después de echarles un vistazo, los papeles con los dos cuentos de Sílvia fueron devueltos al lado de la mesa frente a donde se sentaba el escritor.

—Tiene que haber mucho más que eso. Yo sé que escribía una novela y que la tenía avanzada. ¿Por qué te la reservas?

—Yo no me reservo nada. Sílvia tenía una novela avanzada, habíamos hablado de ello, pero en los últimos tiempos no nos habíamos visto. Esto es lo que ella me había dejado para que le dijera si lo encontraba interesante y lo cierto es que uno de los dos...

—Mira, olvídate de estos borradores. La novela tiene que estar en algún sitio y en el ordenador no está; en papel, tampoco. Su hermano no tiene ni idea.

—¡Claro, ya has registrado el piso!

—¡Por si no lo sabes, el piso es mío!

—¿Por qué no me cuentas a cambio de qué dejaste que se instalara allí? ¿Qué te debía Sílvia?

Eduard pasó de las palabras cortantes a la risa, que recordó a Anton el tono de superioridad irrebatible que el otro empleaba como arma.

Como si quisiera frenarlo con un gesto, vació la copa de vino que tenía delante y que había decidido no probar. Enseguida se arrepintió. Catín lo miraba como si conociera las dificultades de Bellart mejor que él mismo, y lo cierto era que las conocía.

—Es bueno este vino, ¿eh?

Bebiendo, al menos, había evitado salir huyendo de aquel hombre al que creía odiar. ¿Cómo podía decir ella que no era mala persona? Entonces Eduard le preguntó, con tono neutro, si tenía algún libro a punto y Anton temió que, para acabar, el editor descargara de nuevo su risa. Eduard acercó la botella a la copa de él y el escritor la retiró.

—¿Así que no me quieres decir qué relación teníais Sílvia y tú?

Eduard moderó el impulso de la carcajada como si estuviera avisado de sus efectos irritantes y tan solo la inició.

—Éramos buenos amigos. Ya lo sabes.

—Pero, aparte de eso, ¿qué le pasó a ella para que se encontrara tan desvalida como para acudir a ti?

—La historia de siempre. No se llevaba bien con su familia y yo tenía un piso libre e interés por su libro.

El escritor sabía que no le decía la verdad, que pasaba por la superficie de una historia y, más aún, que no le revelaría el resto.

—Ya sabes que sigo interesado en tus libros. Ya debes de tener otro a punto.

—Todavía no.

—Espero la novela de Sílvia. Quiero publicarla para homenajearla, ¿lo entiendes?

Daba por supuesto que la tenía él y no quería entregársela. El tono resultó autoritario y algo agresivo.

Un camarero se acercó a la mesa, con libreta y bolígrafo, y entonces Anton se levantó, recogió los dos originales de Sílvia y caminó hacia la salida mientras el gesto de escribir del camarero quedaba en suspenso y la risa del editor lo acompañaba hasta la puerta del restaurante.

Le había costado entrar en el segundo cuento de su amiga. Había más hojas, pero se veía que era un esbozo. Las primeras líneas estaban entre paréntesis, no había título. Anton dedujo que estaba a medias y, por dos veces, había empezado a leerlo para abandonarlo al cabo de un rato. Era evidente que la autora no había encontrado el inicio que quería. Las protagonistas eran dos mujeres. Volvió a centrarse en ello. El cuento iba de una amistad honda entre dos amigas que acababan siendo pareja y, en la escena que parecía el final definitivo, una de las protagonistas huía. Los titubeos de la escritora le parecieron obvios. ¿Hablaba en realidad de un hombre y una mujer?

A veces, los escritores se zambullen en su experiencia para crear un personaje de ficción, pero no se identifican del todo con él; a menudo, quien escribe está repartido en más de un personaje, o, tal vez, lo vivido, al ser fabulado, se refleja a la inversa. En el cuento, Sílvia no tenía por qué estar hablando de ella, pero Anton tenía la sensación de que su amiga contaba una relación muy honda que, al romperse, la había dejado herida.

El escritor avanzaba en el lamento de ella. Recordaba pinceladas de los libros que había leído, de las conversaciones con las que se habían distraído, de las bromas sobre Eduard y sobre Francina que los hacían reír. Había un hilo de intereses comunes que los había unido más allá de la atracción de sus cuerpos. Que le hubiera escrito que lo amaba mejoraba el pensamiento sobre sí mismo y dejaba más llagado su sentimiento de pérdida. Como una ola, el recuerdo de ella levantaba, ante el pensamiento del escritor, su potencial de fuerza y belleza, sus tonalidades según la estación y el momento del día, y, a continuación, se esparcía en una estela sangrienta de espuma, restos y reflujo. Había tenido a alguien con quien compartirlo todo y lo había malbaratado para desquitarse de aquella relación con Eduard, que para Sílvia parecía sagrada. Anton se había justificado, no había guardado fidelidad a Sílvia, porque ella quería mantener siempre un vínculo con el editor y a él aquello le resultaba intolerable. Pero ahora se repetía una y otra vez que había sido mezquino.

En el llanto por Sílvia, esas pocas hojas dedicadas al amor de ambos, contando con la mediocridad de él, Anton partía del cuento escrito por ella, el del circo, pero necesitaba descubrir mejor su mundo. Estaba convencido de que la escritora tenía mucho de la niña que mira al exterior desde una especie de ojo de buey. Observa lo que le está negado. Pero ¿cómo descubrir a la chica adolescente, la joven introvertida que sería hasta que escribió el primer libro? Repasaría sus obras, buscaría lo que había escrito y que ya no se encontraba en librerías o editoriales. De repente se acordó de que había un hermano.

La buena relación que había mantenido con una persona de la editorial le permitió obtener el teléfono del hermano y, de propina, recordó que se llamaba Fèlix. Sin duda, el piso ya debía de haber sido registrado palmo a palmo. El hecho de tener unas llaves lo convertía en sospechoso de haberse quedado con la novela de Sílvia. En realidad, para animarse a ir pensó: «Es fácil que yo me haya dejado algún objeto personal». Entendía que Eduard estuviera enfadado y disfrutaba pensando en ello. Cuando el autor muere, su obra se revaloriza y el editor gana dinero. El hermano podía estar interesado también en encontrar la novela y él mismo lo estaba igualmente. Todo lo hecho o escrito por Sílvia le importaba, y desde que él escribía pensando en ella, más todavía. «Puro egoísmo», dijo en voz alta.

El primer impulso fue ir al piso de noche, pero pensó que las luces encendidas podían alertar a algún vecino. Mañana o tarde, era posible coincidir con el editor. Resolvió ir de buena mañana. Sería muy raro que Eduard estuviera allí en aquellas primeras horas del día y él disfrutaría de luz natural.

Una vez dentro, lo golpeó la ausencia de Sílvia. Los objetos hablaban entonces más de ella que las palabras. Anton veía su sombra clara en cada espacio. No encontró ninguna carpeta, ni papeles ni el ordenador. Tampoco ninguna prenda o calzado. Quedaban los libros, les dio una ojeada. En el cuarto de baño, dentro de un gran bote de cerámica, había una hoja de afeitar de él entre los pinceles y los lápices de ojos y de cejas. Quien fuera, no la había tirado. En la sala, la mayoría de los cuadros habían dejado marcas claras en las paredes, ninguno de los que quedaban era de ella. También faltaban algunas figuras y cajas bonitas, muebles. Suponía que Eduard debió de ceder a Fèlix los bienes de Sílvia y que este, en su mayoría, se los había llevado. Vio la maceta con las caléndulas, las flores marchitas, aunque todavía vivían. La cogió y la puso en una de las bolsas que había traído y, sin arrepentirse, dejó la hoja de afeitar como testigo oculto de su amor.

Ese mismo día llamó a Fèlix y enseguida se pusieron de acuerdo para verse. Dónde. No lo había previsto. Anton dio la dirección del Varela, donde solían ir con ella, en la plaza Molina. Fèlix le había respondido en castellano, esa fue la primera diferencia con Sílvia. El apellido que ella utilizaba como segundo era el auténtico de la escritora.

Si bien ambos hermanos eran muy morenos de piel, y de pelo negro y ondulado, cuando se encontraron le dio la impresión de que no se parecían demasiado. Preguntado por la infancia de Sílvia, Fèlix contó que sus padres habían llegado a Barcelona con una mano delante y otra detrás, pero que aquí no tenían parientes, solo un vecino del mismo pueblo de Murcia, que era quien los había engatusado, les había hecho creer que en Cataluña ataban los perros con longaniza, y debían de estar bastante desesperados... Hablaba con gracia, con ironía. Miraba desde abajo y de lado al escritor. Al contrario de Eduard, parecía esperar reír con él, aunque la de Fèlix era una risa raquítica donde toda la cara acompañaba, en contraste con sus palabras, que brotaban a bocajarro. Conocía bien el catalán, se refería a Sílvia como «ma germana». La expresión de los perros la dijo en la lengua de Anton y le repitió que le hablara catalán, que él se sentía del país, pero que cualquier lengua que no fuera el castellano le daba pereza. Tenía la punta de un purito entre los labios y, entre las ganas que Anton tenía de fumar y el olor que desprendía, extraño, el escritor estaba inquieto.

Fèlix ocupaba todo el espacio de la conversación, se le veía hábil, listo, un seductor satisfecho de lo que había conseguido. Le dijo que tenía un puesto en los Encants del barrio de las Glòries y se movía con la seguridad de quien se ha hecho solo a sí mismo. Fumó caliqueños todo el rato.

Sí, sí, contó, sus padres las habían pasado canutas. Ellos eran muy pequeños cuando llegaron, siete y cinco años, más o menos. Sílvia era la menor. Le preguntó si era verdad que su hermana hacía bien «eso de la pluma» y de nuevo esperó a que Anton se sumase a la carcajada, incluso antes de responderle. Los padres encontraron trabajo, pero eran cuatro y les costó conseguir un piso decente. Volvía a pedirle cooperación para reír, sin suerte, y entonces le dijo que estuvieron un tiempo corto en una barraca y levantó las dos manos, poniéndolas en paralelo, como quien marca las dimensiones de un paquete. La ventana era como eso. Mi madre se puso a limpiar y, poco a poco... Parecía querer ver el efecto que lo que decía causaba en Anton. Después de que este preguntara si de pequeños se quedaban solos a menudo, Fèlix volvió a pedir paso para compartir carcajada. Volvía un poco la cabeza a la izquierda, como ciertos pájaros, interrogándolo con la mirada, y el escritor se sentía como un pardillo. Sí, respondió al fin, pero él, contó, pronto se las compuso por la calle con los demás chavales. Dedujo que Sílvia, de niña, se quedaba sola, aunque le habló de vecinas, «buena gente». Anton ni se atrevió a preguntarle dónde estaba la barraca porque Fèlix había apurado la cerveza y parecía, de repente, ir al grano. Le interesaba la novela que aquel tipo, Catín, quería tener; estaba dispuesto a pagársela bien.

—¡Somos familia!

De pronto se mostraba exigente. ¿Dónde estaba entonces la novela?

Anton le dijo que sabía que la escribía, habían hablado de ello, pero ella se mostraba algo reservada en estos temas. Debería estar en el ordenador que tenía en casa, en su habitación.

—¿Y qué?, ¿te lo montabas bien con mi hermana? —saltó Fèlix.

Anton pensó por un momento que quería pasarle factura. Le dijo que Sílvia y él se querían, pero que ambos intentaban vivir como si estuvieran solos. Fèlix lo miraba fijamente muy serio y se reía de forma breve.

Le juró que no tenía la novela de su hermana. Recién dicho esto, fue como si con esa palabra quisiera afianzar una mentira para que el otro la creyera. El hermano de Sílvia inclinó la cabeza un poco más y, con los ojos chispeantes, le compró una sonrisa antes de expeler el aire de su escasa carcajada. Anton le prometió que revisaría los papeles que tenía de ella en su piso, pero dijo que solían encontrarse en casa de Sílvia y él no había vuelto allí desde hacía tiempo. Se habían enfadado y, después, por sorpresa, él había sabido que Sílvia estaba grave y ya no había podido hablar más con ella, ni decirle adiós. La saliva se le atragantó recordando la noche de aquel Sant Jordi y Fèlix enderezó la cabeza y encendió otro purito para levantarse de inmediato.

—Aquel tío me dejó elegir entre sus objetos personales y, te lo digo yo, antes de abrirme la puerta del piso donde la niña vivía, él ya había buscado la novela en el ordenador y por todos los rincones.

3

Después de que el hermano de Sílvia lo dejara como si fuese un objeto inservible, ni siquiera una escasa ganancia en los Encants, y se alejara calle Balmes abajo, tenso, como quien pasea en medio de la feria, Anton oyó de repente las voces de los vecinos de mesa, miró a la gente que pasaba sin preocuparse de quién estaba en el bar, y pidió un whisky, pero ningún cigarrillo. Sabía que había desaprovechado el rato. Quizá Fèlix le hubiera contado mucho más, pero Anton enseguida había intuido que hablar más de las dificultades de la familia podía resultarle humillante. Tenía suficiente para imaginar cómo había continuado el argumento de la vida de Sílvia hasta que se hizo escritora. Lo que le había molestado era ver que el hermano dudaba de él. Que probablemente pensaba que podía retener la novela de su hermana y evitar que Eduard y él ganaran dinero. Al cabo de un rato, perdido en sus pensamientos, se levantó y fue a pagar. El camarero le devolvió el cambio y le alargó una bolsa de plástico con asas diciéndole que la señora había dado instrucciones de dársela a él. En su interior había una carpeta.

—¡Ya pensábamos que no volvería!

Cuando abrió la puerta del piso, después de mirar quién era por la mirilla, se acordó. Había aceptado la propuesta de conversación sobre Sílvia Cors ante la insistencia de la joven estudiante que escribía su trabajo de fin de grado sobre la obra literaria de la escritora. Pensó que él no era nadie para retrasar el reconocimiento de Sílvia como autora y que debía procurar la difusión de su obra. Había citado a la chica en casa para no trastocar más su horario, al que se ajustaba con dificultades, aunque no le gustaba hacerlo. Estaba a punto de terminar el artículo cuando sonó el timbre y puso demasiada fuerza en el gesto de separar la puerta, enfadado por haber sido blando. Debería haber dicho que no.

La chica parecía de bachillerato, se veía muy joven, era pequeña y no muy alta. La hizo pasar a la sala menos desordenada, la que Anton recordaba como la de la cuna de su hijo. De hecho, se dio cuenta por las disculpas de ella de que había llegado antes de la hora y decidió hacerla esperar hasta que terminara el artículo. Escribir sabiendo que había alguien en la habitación de al lado le provocó, por unos instantes, una extraña parálisis de palabras.

La chica, llamada Ester Miliés, tenía una cara muy bonita, con dos hoyuelos, uno en cada mejilla. Se mostraba educada en el sentido tradicional, entre tímida y efusiva, le dio las gracias por su tiempo, y Anton guardaba silencio para que se diera prisa y terminara pronto. Arrancó diciendo que había elegido a Anton porque sabía que era una persona muy cercana a Sílvia. Él le preguntó cómo lo sabía y qué quería decir con «muy cercana». La muchacha se quedó muda y de pronto Anton vio que los ojos se le humedecían. Estaba harto. La dejó sola y fue a revisar el final del artículo. Lo modificó, esta vez con serenidad, y regresó a la sala.

—¿Empezamos de nuevo?

Miliés se había recompuesto. Le hizo preguntas sobre obras de Sílvia como si lo examinara. Había dos que él desconocía. La chica llevaba un ejemplar de cada una. Un libro de cuentos y una novela breve, publicadas en una editorial desaparecida; ella las había comprado en una librería de segunda mano.

—¿Me las puedes dejar?

Al terminar, Anton le dijo que la llamaría para devolvérselas y le regaló dos ejemplares de los que almacenaba, ella le sonrió y su cara volvió a resplandecer. Se separaron con mucha más calma que cuando se reunieron. Él pensó que a Ester le pegaba saltar los escalones deprisa hasta llegar a la calle y llevar una de esas mochilitas escolares en la espalda, pero, en su lugar, llevaba una gran bolsa de algodón fuerte de color crudo, de esas que se cuelgan en un hombro, y caminaba poco a poco como si le fallara la vista.

Había leído la última novela de Sílvia, encontrada en la carpeta, y se había hecho una fotocopia. Sin embargo, ya que ella no había dejado constancia formal de que Anton fuera el depositario, se veía obligado a entregarle el original a Fèlix. Que el hermano hiciera lo que le pareciese con ella. Le explicaría cómo había llegado a sus manos y, si no se lo creía, peor para él. La novela no estaba terminada, aunque el escritor intuía un posible final.

Allí aparecían los miedos que quizá habían acompañado a la autora en los últimos tiempos. Los sufría el protagonista, un hombre que se parecía un poquito a él, y que en las últimas hojas escritas estaba muy enfermo, como ella. La novela aumentó el dolor de la pérdida y Anton lo volcó en el personaje de la niña que vive en una *roulotte* del circo deseando la estabilidad de un piso. Había decidido que esa pequeña se convertiría en una adolescente fugada y no buscada por la madre, y que la chica se convertiría en una pintora de éxito. Iba tejiendo la trama con el hilo escaso del que disponía.

Los cuadros de Sílvia le habían impresionado. Eran expresionistas, caras de trazo grueso, ojos muy abiertos, tonos negros y rojos, los colores preferidos de sus vestidos. No había ninguno firmado y ella evitaba hablar de ello, incluso había mentido cuando Anton por primera vez había entrado en el piso donde vivía y él le había preguntado si aquel cuadro de la sala era suyo. Los matices que suavizaban su estilo literario resultaban duros en el estilo pictórico. El escritor tenía una idea para una novela. Le parecía consistente y acariciaba la posibilidad de impartir algo de justicia.

Quedó con Fèlix García en el mismo bar de la plaza Molina, así podría preguntar al de la barra si era cierto que le habían guardado ese grueso cuaderno hasta hacía unos días, y a Anton le pareció otra persona. Quería que el escritor le contara el argumento de la novela. Hacia la mitad, el escritor oyó:

—¿Salgo yo?

Anton se echó a reír y el otro reaccionó con una

mirada asesina. El escritor intentó explicarle la diferencia entre realidad y ficción con tacto, no creía que ninguno de esos personajes fuera el hermano de la autora. Podía vender la novela de su hermana, ¿qué más quería? Fèlix volvió a preguntar qué tipo de relación tenía él con su hermana. Le brillaban los ojos sobre una media sonrisa. El escritor le dijo, un poco pedante, que, si quería saberlo, ellos dos se amaban de verdad, pero que cada uno quería ser libre.

—No sabía que tendría que rendir cuentas a otra persona.

Entonces fue Fèlix quien estalló de risa y Anton se lo quedó mirando sin responder.

—Entonces tú sí saldrás entre tantas palabras...

—¡O quizá salga otro!

Fèlix hizo un gesto extraño, pasándose el índice por el cuello en sentido horizontal, y Anton se quedó helado. Descubría que Fèlix era cauto, incluso suave con la voz y duro con el gesto. Si alguien los mirase, no podría volver más al bar. Sería el segundo espectáculo que ofrecía sin cobrar. Pero se volvió hacia las otras mesas y nadie parecía haberles prestado atención.

Se levantó, que ese día pagara Fèlix, y soltó un adiós a media voz. Se notaba tenso y decidió andar. Cuando atravesaba la calle Aragó tuvo la sensación de que alguien lo seguía y llegó a casa con la seguridad de que acababa de poner los pies en el umbral del pasado de Sílvia.

Al día siguiente, cuando escribía el artículo, el editor lo llamó para proponerle que completara la novela de Sílvia Cors; al final, el hermano le pedía un buen pico. Anton no sabía dónde pisaba, pero no tenía ninguna duda de la respuesta. Eduard pretendía tentarle ofreciéndole algo de dinero. Tras insistir en el no, el editor dobló la primera oferta y Anton cortó la llamada. No podía continuar así. Estaba decidido a aislarse. Pero antes quería saber más de Sílvia.

Tras separarse de Eduard Catín, Miren Echevarria había fundado la editorial Atenea, exclusivamente de autoras. Quizá por eso, cuando Anton pudo establecer contacto con ella, esta le dijo al escritor con una carcajada que le dolía no poder ofrecerle un lugar en alguna de sus colecciones. Él respondió que necesitaba hablar con ella por una cuestión personal, debía pedirle un favor, quedaría en deuda si ella lo ayudaba. Miren volvió a reírse finamente. Le sonaba muy raro, pero quedaron en verse a los dos días en Atenea. Anton no la conocía en persona, pero había oído hablar de ella y, al verla, tuvo el convencimiento de que sabía por qué Eduard se había enamorado y se había casado con ella. También, por qué ella se había alejado pronto de él.

Aquella mujer respiraba elegancia y seguridad. Era guapa, atractiva, pero, a diferencia de quien había sido su marido, meditaba antes de hablar, no desviaba la conversación hacia otros temas, era mesurada y clara. Amable y suavemente seria, se notaba que valoraba su tiempo. Anton le habló de Sílvia Cors. Necesitaba saber qué le había ocurrido antes de publicar en la editorial de su exmarido. Miren se mantuvo serena mientras le hablaba, pero Anton comprendió enseguida que aquel paso había sido un error. Lo supiera o no, ella no pensaba hablar de ello. La conversación terminó pronto, pero en el momento de despedirse, antes de que Anton Bellart dejara el despacho de ella, él intuyó que la había forzado a mentir y la había incomodado, por eso le pidió disculpas.

Al día siguiente el escritor recibiría una llamada telefónica y Miren Echevarria le diría que las aceptaba, que no se preocupara más por esa cuestión.

4

Había deseado aislarse para encontrarse a sí mismo, para pensar y escribir sin apenas interrupciones, para llorar a una mujer a la que había amado. No podía seguir aturdiéndose en el día a día, los periódicos, las llamadas, la superficialidad de las cosas. Pero, sobre todo, para averiguar si era un escritor de verdad. ¿Era capaz únicamente de inventar historias y contarlas por escrito o escribir era por su parte una manera de actuar en el mundo? Debía imponerse un silencio para saberlo, resistirlo como habían hecho otras personas.

Anton y su madre llegaron al apartamento de Caldes d'Estrac a la una de un jueves de octubre. El espacio estaba helado, aunque al subir la persiana la claridad del sol les alegró la vista. Montserrat había querido acompañarlo con el coche. La excusa era que iba muy cargado para viajar en tren y que el apartamento quedaba en lo alto del pueblo, en la montaña. Él aprovechó para cargar unas cuantas cajas con los ejemplares que la editorial quería destruir. No permitió que su madre lo ayudara a transportarlas. Las colocaría formando pared en el garaje. Por fin, cansado, Anton abrió el balcón y avanzó a paso lento mientras Montserrat lo observaba desde dentro. El aire húmedo penetró atravesando el velo de polvo que había despertado de las contraventanas y volaba a la luz del mediodía. Él miraba el mismo mar de la infancia, un prado azul sin límites con dos velas blancas apuntando hacia destinos opuestos.

Enseguida flotó en el recuerdo la voz de su hermano metiéndole prisa para bajar a la playa y, superponiéndose, otra, recordándoles que por la tarde vivirían una aventura en el lado del bosquecillo. El atisbo de su padre irrumpía dentro del extraño espacio otoñal. Entonces, el pensamiento de su ausencia definitiva se convirtió en una especie de losa sobre el pecho de Anton. En el cielo, alas de gaviota alejándose.

El descenso al pueblo y a la playa se hacía por un camino pendiente con escaleras, que para Ferran y él tenía varios alicientes. Hacían carreras; se escondían en las esquinas para asustarse el uno al otro.

Su madre puso en marcha la nevera y empezó a ordenarlo todo.

—¿Dónde dormirás?

Anton dejó de observar la fiesta brillante de las espumas.

—En el cuarto de los niños —sonrió—. Si te parece, sacaré la cama de Ferran y me pondré la mesa de trabajo.

—Puedes ocupar la nuestra, es la mejor. Si desplazamos la cómoda, podrás montar la mesa de trabajo delante de la ventana. Ya sabes que yo aquí no he vuelto sola y no me importa nada dormir en una cama individual, en la vuestra. Tienes ropa de cama en los armarios. Pero ahora nos vendría bien ir de compras.

—Lo puedo hacer yo.

—Recuerda que aquí para las necesidades básicas, de peso, necesitas el coche.

Justamente eso lo recuerda demasiado bien. Ese espacio de la infancia y de la adolescencia cobra también sus réditos de nostalgia, como el piso de la calle Enric Granados. Pero necesita probarse, sufrir y disfrutar la soledad.

—Bajamos, compramos lo que haga más falta y comemos. Luego lo dejaremos todo aquí y yo volveré a Barcelona si no quieres que me quede.

—Vamos. De repente tengo hambre.

Su madre acaba de irse con su coche viejo, Anton traslada la cama de su hermano a la habitación de invitados, y en el espacio que ha dejado vacío coloca la mesa, delante mismo de la ventana, y retira su cama de chico junto a la pared. Alquilar el piso de Barcelona le bastará para la pensión de Òscar, y él se las arreglará con los ahorros y con lo que saque de las colaboraciones. Todo adquiere el aire de un inicio mientras mira esa luz de azul tenue, quieta, allí al final del agua. La sensación detrás del cristal es placentera y la sala, caldeada por el sol, le parece acogedora, pero, impaciente, la atraviesa y siente resonar sus pasos, como si alguien lo siguiera bromeando para asustarlo. Sus ojos apuntan ahora a la chimenea, antes no funcionaba muy bien, apenas la encendían. Cuando más iban era en verano. Caminará hacia el interior para recoger leña, ramas de algarrobo; si encontrara, sabe que la de encina es la mejor. Ahora que su madre le ha dejado todo a punto, este pensamiento le ha producido muchas ganas de salir, moverse entre árboles, pisar tierra.

Su padre quería inculcarles la naturaleza como un bien, quizá porque, al hacerse cargo de la fábrica, él iba renunciando a ella. No tenía mucha destreza y ellos se aburrían, pero ahora encuentra esa semilla esperándolo. Emprende el ascenso con ganas y comienzan a ladrar perros desde los balcones y las azoteas de las casas vecinas. Los canes husmean y le ladran como al extraño que es aquí. ¿Existe un olor para el delito de fracasar?

Se enfrentará a la novela y este puede ser un buen lugar porque es el espacio del padre joven y optimista, cuando la fábrica funcionaba y el hombre se sentía seguro, con una mujer inteligente y generosa apoyándolo. Ferran y él, llenos de ganas de todo. Playa, fútbol, música, lectura, amigos. Habían formado un pequeño grupo con chicos de veraneo y del pueblo. Noches frescas en la riera, voces llamativas en las mesas de los bares. Quizá alguna chica. Sí. Había una chica o dos... Anton camina deprisa por delante de las últimas casas y, lentamente, los perros espacian sus ladridos. Aún se aflojarán más mientras se aleja, hasta fundirse en la suave atmósfera de la tarde. El camino pasa ahora por debajo de unos campos que recuerda baldíos donde ve viñedos, las cepas están peladas, y empiezan a aparecer los algarrobos en el lado derecho del camino. No se ven ramas aprovechables ni leña de ningún tipo que pueda servirle. Se da cuenta de que no ha llevado ni una cesta ni un cuchillo. Ríe, a la vez que avanza más rápido entre la vegetación mientras la luz mengua. Se planteará un horario racional y procurará cumplirlo. Visitará la biblioteca del pueblo por si pudiera ofrecer algún curso o coordinar un club de lectura. Confía en desplazarse en tren, pero sabe que, a la larga, si se queda, necesitará coche. La oscuridad acosa y Anton decide volver. Quizá encontraría alguna cepa vieja desechada o alguna rama. Sube al viñedo y sale un hombre que lo mira con cara de pocos amigos.

—¿Qué quiere?

—Quería encontrar un poco de leña. Acabo de llegar al apartamento y solo tengo una chimenea.

—Abajo, en el pueblo, le pueden vender, pregunte en el mercado. Pero en un viñedo no encontrará.

El regreso es muy rápido. Se ha levantado un viento húmedo y los perros han aumentado los ladridos contra su presencia con el mismo sonido rabioso y monótono que a la ida. Antes de volver al apartamento, revisa el pedazo de tierra que lo rodea, que es de uso vecinal, y encuentra un montón de pino seco y un tronquito de un medio metro de largo enterrado por un extremo. Va al apartamento y se hace con una vieja caja de herramientas donde hay un par de destornilladores, un martillo, alicates, pinceles y una rasqueta. En la cocina ha cogido el cuchillo del pan, de hoja ondulada y no lo suficientemente fuerte, lo sabe. Vuelve a reír y con una cesta grande que colgaba en el recibidor regresa abajo. En el piso inferior no se oye nada y tampoco en el de arriba. Piensa que tiene suerte porque al encontrarse en medio no hará tanto frío.

El silencio deja ir palabras sobre su alma desierta. Las escribe y, al leerlas, las reconoce desatadas. Ha dormido a ratos en el sofá, junto a las cenizas, vestido y con la manta que, pese a que protestó, su madre cargó en el coche. Sin embargo, se ha despertado con frío y el ruido del viento lo ha acompañado hasta que ha vuelto a dormirse, aunque los sueños lo han sacudido y, con la luz del día, ha abierto los ojos y no sabía dónde estaba. Había tomado una pastilla después de días de no tocarlas.

Ha llenado las dos bolsas que trajo. La de la ropa, que prácticamente no había tocado, solo el pijama, y la de los libros, que sí había vaciado en el afán de verlos sobre la mesa y que lo ayudaran para empezar a escribir. Pese al fuego, que encendió con poca maña, el piso es gélido. Está convencido de que aquí no puede vivir. Él no es un escritor sacrificado. Temía estar solo y enfrentarse con su torpeza, pero no con el frío y el extrañamiento. El café caliente, el pan tostado, apaciguan por unos instantes la desazón, pero no son suficiente para reconciliarlo con el proyecto que hizo, ese que, en pocas horas, se ha quebrado. El cielo está cubierto. Desde detrás de la ventana sus ojos ahora solo son capaces de ver, en el mar de color gris claro, una balsa turbia como su desencanto.

Pendiente abajo, el ambiente fresco acaba de despertarlo. Desde las terrazas, como anoche, algunos perros ladran desafiantes. Los pies de Anton se embalan y la memoria le regala, a su lado, a Ferran lanzándole la pelota mientras corren hacia la playa. Llegando a la escalera, recuerda los sustos que se daban el uno al otro y cómo, de vez en cuando, acababan peleados. Su hermano siempre era más práctico que él, menos quisquilloso, sabía salir airoso de las situaciones estancadas, pero él nadaba mejor y tenía más imaginación, los sentidos inquietos. Bien mirado, hay un rival en cada época.

Cuando consigue llegar a terreno llano, ve un letrero que anuncia la biblioteca, le vienen a la cabeza las cajas de ejemplares para regalar. Pasan unos minutos de las diez y, al entrar, hay dos personas mayores con los periódicos y una chica levanta la cabeza desde el mostrador hacia Anton. Él saluda y, de repente, cree que ella se ha puesto roja. Una mujer y un hombre pasan las anchas páginas mientras él busca narrativa en los estantes y, sin poder evitarlo, mira si está su último libro. ¡Están todos! Una ola cálida ha dulcificado su cuerpo. Piensa que, mientras haga frío, podría bajar a escribir en la biblioteca; así, calentar el apartamento no sería tan urgente. Quizá se distraería un poco, pero no podría hacer lo que le diera la gana como cuando está solo. Preguntará o mirará los horarios, aunque ha decidido dejarlo correr y regresar a Barcelona; el piso de la calle Enric Granados aún no está alquilado. Luego se acercará a la estación y, volviendo, a la panadería, ayer su madre insistió en encargar el pan para el día siguiente.

Se dirige hacia la puerta, pero al pasar por delante del mostrador, la bibliotecaria le pregunta si es el escritor Anton Bellart. Él se detiene. Lo conoce por los artículos del periódico y había leído su primer libro de cuentos, que le gustó mucho. Añade que alguien le dijo que su familia pasaba los veranos en Caldetes. Anton le ha respondido a todo, animado, le ha pedido la opinión sobre la posibilidad de concentrarse allí para escribir. La chica está emocionada, apenas puede creérselo. Más de una vez había estado tentada de buscar su teléfono y pedirle que fuera a hablar de sus libros. El escritor se ha quedado un rato hablando con ella hasta que el señor de la mesa de prensa ha hecho shhh. Anton le ha dado el teléfono y ella a él, un tríptico de la biblioteca donde está toda la información. Él ha salido con paso ligero, ha pasado por delante de una tienda de electrodomésticos donde ha visto estufas y ha continuado más deprisa todavía. De repente, ha recordado que todavía no ha escrito los artículos del día y no ha recogido el pan. Comprará una estufa. Se queda.

En el apartamento, Anton recuperará la figura de su padre cuando tenía la edad aproximada que ahora tiene él. Volcado en los hijos, disfrutando de la infancia de Ferran y de él. Nada que ver con el hombre al inicio de la vejez, preocupado por los conflictos y las últimas crisis del textil, por la pervivencia de la fábrica, procurando la complicidad de su primogénito de cara a darle apoyo jurídico y sustituirlo. Un padre que ahora lo conmueve por su debilidad, que parecía palpar el progresivo desapego de la realidad y a quien, con o sin causa, él falló con todas las de la ley.

Anton piensa que no le explicó qué significaba la escritura para él. Quizá entonces ni siquiera habría sabido hacerlo, pero ¿por qué no lo intentó? Quizá su padre lo hubiera comprendido y no se habría sentido rechazado. Ahora sí sabe lo que significa la escritura y podría hacérselo entender a otro. El sentido del ridículo siempre lo ha inhibido y no sabe decir lo que le inquieta. A menudo, en esta situación, se ubica en el otro extremo, se manifiesta desvergonzado, hace ruido para llamar la atención. Está decidido a seguir escribiendo, con fracasos incluidos, con privaciones, aunque en estos momentos se le hace una montaña abordar la idea de la traición filial, el tema de la culpa.

Ha empezado tres veces el argumento. Ha escrito seis páginas, diez, trece... Ninguna de las tres versiones se sostiene ante sus ojos ni se ve con ánimo de reanudar su escritura. ¿El exceso de exigencia es una trampa que lo lleva a no hacer nada? Ha protegido la sobrecubierta de la primera novela de Sílvia entre el cristal y los libros. Hay una foto de la autora en la que Anton encuentra sus ojos oscuros, su juventud. Piensa que ella sí que sabía mirar dentro de sí y dentro de los demás. Está harto de lamentarse. Él sabe que no es bueno como escritor, que hay muy pocos buenos. Y aún hay menos obras que merezcan ser recordadas. Nunca se llega a saber crear con palabras, siempre se recomienza. Sílvia debía de sentirse feliz, por fin publicaba y la edición que le hizo Catín es preciosa.

Aquí está. Frente al mar con cuatro cosas,

sin frío, sin hambre, los ojos quietos, y no sale nada.

Aquellos primeros días del apartamento de finales de octubre han quedado atrás. Dejar de fumar ha hecho que engordara. Dejar el alcohol le hace estar más lúcido, resignado. Pero la falta de compañía lo consume, lo arranca de la silla y lo empuja escaleras abajo, calle en descenso, a tomar café en un bar, a entrar en la biblioteca, rebusca entre los estantes, toma un ejemplar y lee unas páginas, saca sus hojas, escribe cuatro notas, dos palabras solas, nada. Y vuelve cabizbajo al apartamento después de andar y de airearse.

Ha leído todo lo que tiene de Sílvia. Una vez más, la novela sin final. Ahora repasa por orden la obra de Robert Pontís. Lo sitúa punto por punto en relación con el último libro publicado, aquel que promocionó a su lado. No se habla de él. Anton le ha dedicado dos artículos en relación con la desmemoria y con la poética del otro. Cómo debía de reírse de él por dentro. Por prepotente, por creído, por optimista con relación al futuro profesional. Pero está claro que Pontís lo disculpaba, quizá incluso sentía pena por el fracaso que adivinaba que le llegaría. Está seguro de que Robert Pontís comprendía que Anton era ignorante, inmaduro. El escritor piensa que el fracaso no está tan mal, le recuerda sus límites, lo resitúa. Y, aun, piensa que fracasar posee también una cierta belleza, le gustaría ser capaz de describirla.

Ha empezado a releer obras que le sorprendieron o impresionaron hace tiempo.

Se ha quedado. Cuando está inquieto, camina hasta cansarse. Han pasado unos días, casi un mes. Los martes baja en tren a Barcelona para comer con su hijo y su madre. Allí hace alguna gestión y vuelve cargado de provisiones, Montserrat se las tiene a punto, le duran hasta el fin de semana. Anton ha resistido a base de rebajar la primera intención de soledad completa. Los días de frío, en la biblioteca, bajo la mirada admirativa de la joven bibliotecaria y con compañía de alguien más. Ha recibido todo tipo de facilidades, pero no era lo que él había programado. Quería castigarse, oír el desgarro de los grandes escritores, enfrentados a privaciones de todo tipo y al silencio absoluto. Él es un blando, pero pese a todo lo que echa de menos va tirando. Tiene dos estufas eléctricas, buena leña para quemar en el hogar, y ha cambiado tres veces la situación de la mesa donde escribe. Al final, la ha puesto delante del balcón de la habitación de sus padres, es la parte más soleada, habrá que cambiarla de sitio cuando comience el calor. Ha devuelto la cama de Ferran a la habitación de ambos y, acompañado de su vacío, duerme en una cama idéntica excepto las noches que se queda dormido leyendo en el sofá.

Ha roto muchas hojas después de llegar a la conclusión de que le interesa más explorar su culpa que la evolución de su padre. Ha puesto muchas pantallas entre paréntesis reservándolas para borrarlas más adelante, no fuese a tirar una buena frase, una que, envuelta en el matorral de los signos, transportara una idea que ahora no ve y que, en algún momento, valdrá la pena.

En las horas más grises, cuando la nostalgia del pasado en compañía le hiere, se encuentra volviendo a la niña de la caravana que mira hacia fuera, a la joven que busca un lugar, al refugio de la pintura mientras se gana la vida. Ha trabajado en ambos textos, el de la culpa y el de la niña, de forma paralela, dependiendo del tiempo, de su estado de ánimo. Hasta que los días de ánimo oscuro, con cielo rojizo desmayándose en vetas lila en el horizonte, cuando la culpa ha golpeado fuerte en su interior, se ha ido decantando hacia uno solo. Sin proponérselo, se ha centrado del todo en el segundo proyecto y solo de vez en cuando rasca todavía en la superficie de los sentimientos hacia su padre.

Días de vislumbrar un horizonte allá lejos, de tonos grises y pensamientos negros. Sobreponerse con las palabras desfilando como ratas locas frente al gato cazador, que elegirá una y dejará escapar a las demás. Mirada atenta sobre las olas, hacia su interior. Días en Caldetes, empapados de imágenes bellísimas, de desconcierto y de temores.

5

Fèlix no le había contado nada de su hermana, pero alguna palabra, «¿qué puede hacer una mujer?», seguida de una risita con caliqueño en la boca o de una mirada que él fuera capaz de interpretar, eran reclamos que le sugerían posibilidades. Le había dejado un pequeño poso que le informaba. El escritor había entendido que ambos hermanos solo se llamaban y que apenas se veían, algo, por otra parte, corriente entre familiares adultos.

A Anton se le ocurrió ir a los Encants de Glòries, buscar su puesto y volver a hablar con él. Fèlix, tras la sonrisa de vendedor, rezumaba agresividad; de hecho, Anton había tenido a menudo la sensación de que lo seguía. Puede que Fèlix no se hubiera creído que él no tenía la novela de Sílvia porque opinaba que quería beneficiarse de ella. Cuando el escritor se la entregó, no lo agradeció, probablemente convencido de que al final se había sentido obligado. Él le hizo saber que Sílvia le había cedido el derecho de hacer con la obra lo que le pareciera mejor, el otro se rio. Inútil enseñarle la carta de ella.

Vislumbrando más allá de la infancia y de la adolescencia, el escritor se preguntó cómo se había convertido en escritora aquella chica, casi completamente desheredada de toda fortuna económica y formativa. De acuerdo que era una gran lectora, pero ¿cómo se había ganado la vida hasta llegar a escribir la primera novela?

Un martes, antes de la comida con la familia, Anton fue hacia el gran mercado de las Glòries, todo un mundo de lo antiguo y de lo viejo, de restos de series, donde objetos, ropa, zapatos tentaban a aquellas personas más escépticas de las cosas baratas. También había productos novedosos. Era difícil saber para un mirón si se encontraba ante una oportunidad irrepetible o, una vez pasado el hechizo del bullicio y de los montones de objetos y productos a la vista, la compra se convertiría en un pedazo de carbón, es decir, una pequeña pifia de dinero tirado. No sería fácil, se decía Anton, encontrar el lugar donde Fèlix vendía entre aquella abundancia de puestos y tenderetes, de metros de ropa puestos en el suelo, con la más variada exposición de objetos, muebles, vestidos, zapatos, libros, discos... encima. Pero como errar es humano, no hacía ni diez minutos que Anton había sido abducido por las voces, el ruido envolvente de los coches, y su atención dispersa preguntándose si encontraría también el gel para afeitarse que le hacía falta, cuando vio uno de los cuadros de Sílvia. Le produjo tal impresión que se le cayó la bolsa de táperes que llevaba de vuelta a la cocina de su madre. Si bien había pensado no decirle nada de momento y quizá otro día concertar una cita, se encontró sobre él la mirada y la sonrisa burlona de Fèlix, con caliqueño incluido.

—Pasabas por aquí, ¿eh?

Una mujerona, alta y con una considerable pechera controlada, lo observaba junto a Fèlix desde unos ojos más que pintados.

—¿Te gusta este?

Era uno de los cuadros que Sílvia tenía en la sala, un rostro de mujer de trazos gruesos rojos y negros, que recordaba a las gitanas de Nonell, aunque la figura se decantaba hacia el expresionismo.

—Te lo dejo por doscientos euros.

Entonces la mujer, con los ojos chispeantes, volvió la cara hacia Fèlix esperando su reacción.

—Los escritores por lo general no tenemos mucho dinero.

—Pero tú bien debías de pagar por lo que querías, ¿eh?

¿Qué insinuaba aquel animal? Iba a darse la vuelta cuando Fèlix, acompañándolo con aquella sonrisa que le daba la impresión de un fluorescente en las postrimerías, levantó ante sí una tela sin marco.

—¡Quizá este te interese más!

Jugaba con ventaja. Como si supiera que el escritor iba a caer a sus pies, como sucedió. Anton clavó la vista en una imagen de hombre en tonos marrones y manchas azul-grises en un pómulo y en la cabeza. La camisa de cuadros, de color blanco y granate alternándose, que había estado a punto de ponerse esa misma mañana, se distinguía desde el cuello hasta medio pecho. Y estaba su pelo insoslayable. Los trazos eran gruesos como en el cuadro expuesto. No era exactamente un retrato, quizá estaba inacabado, pero quedaba muy claro que Fèlix lo había reconocido en él y Anton también se encontraba reflejado allí. Mientras, el caliqueño torciendo la risa del hermano de Sílvia animaba a la concurrencia. Una mujer le preguntó el precio de una especie de joyero casi delante de Anton y, cuando Fèlix iba a cogerlo, sin pensárselo más, después de coincidir por un instante con la mirada de la mujerona, el escritor se escabulló. Tenía la sensación de que la voz de Fèlix lo seguía y, habiendo optado por otra vía llena de tenderetes, se encontró avanzando por una especie de laberinto a grandes zancadas. Notaba los latidos del corazón. Aquella realidad, generalmente callada dentro de su pecho, se había desatado como si acabara de darle un tirón en el bolso a alguien. Este pensamiento lo clavó en el suelo de repente y al menos los táperes de su madre dejaron de cacarear dentro de la bolsa que llevaba junto a la pierna derecha. Aquello resultaba ridículo, pero giró la cabeza después de pensarlo. Nadie me sigue, no tengo ningún motivo para escapar de nada, se dijo en voz alta, pero la entrada en el metro le pareció una bienvenida. Esta vez, por dentro, y mientras bajaba las escaleras hacia el andén, se lo prometió. Aquel cuadro sería suyo, al precio que fuera.

Lo que se había afanado por encontrar entre los humanos, testigos y agentes en la llamada vida real de Sílvia, Anton lo descubriría fabulando en un minucioso trabajo de hacer y deshacer por medio de las palabras que era capaz de escribir. El pensamiento se le ponía en marcha. Algunas veces, con empuje veloz; a menudo, resoplando como un tren antiguo que apura el combustible todavía lejos de la estación. A pasos desiguales, en días de mar movida, y otros, todo placidez en las pequeñas olas. Desde el balcón que había sido de sus padres, con el sol empezando a calentar, había visto, oído, probablemente adivinado, la parte de la vida de Sílvia de la que nadie quería aventurarse a hablar. Y si no había sido exactamente así como vivía su amiga, sería aceptable, verosímil, en la de su protagonista, un personaje femenino que ya había sufrido cambios respecto al verdadero modelo que él había conocido.

Porque su Sílvia, bautizada Marina por el autor, no tenía los ojos grandes y oscuros como su amiga, sino azules y más bien pequeños; una boca normal. Y como correspondía, era rubia, aunque sí tenía el tipo de pelo ondulado de Sílvia. El escritor se había ido centrando en aquella historia que le alborotaba el corazón. El dolor profundo de la pérdida, la vergüenza por sus celos, que lo habían acabado de estropear todo. Ni una despedida se habían concedido, aunque solo fuera, él habría podido pedirle un poco de perdón. ¿Qué hacía entonces sino castigarse por aquello? ¿O tan solo intentaba ponerse a prueba por si, como algunos grandes escritores, podía hacer crecer y mezclar palabras inesperadas y precisas de las tinieblas de la privación y de la soledad?

La figura de la niña de trece años a punto de convertirse en mujer se le había hecho visible gracias a pensar en la escuela y los vecinos del barrio que la rodeaban. Una niña que vive las historias que lee como la mejor parte de su vida. Con un padre ausente, en el mejor de los casos, y una madre trabajando muchas horas al día y reventada cuando llega al piso. Sí, Marina ya mira al mundo, a los demás, desde una ventana, hay paredes a su alrededor, se acabaron las ruedas de *roulotte* bajo sus pies. El hermano, que se llama Ramon en la novela, lleva días buscando alicientes y dinero lejos de la familia y del barrio. Gracias a un par de buenos profesores, la niña lee bien, ella vive en las historias y comienza a fabular las suyas.

Anton recordaba haber escrito un cuento a esa edad y no tenía ninguna duda de que Sílvia también lo había hecho. Después, ella ha llegado al tiempo incierto de adolescente, el que más le ha costado al escritor, seguido por los años de transición hacia la mujer que quiere emanciparse de ese barrio, de esa vida. Muchas imágenes han rondado frente a su mente. Muchas palabras, frases, párrafos han sido tachados o borrados en la pantalla. Hasta que, de un recuerdo de las palabras de ella en los momentos más amorosos que Anton compartió, de un extraño comentario de la editora, exmujer de Eduard, de unas miradas y una pregunta de Fèlix, ha extraído una posibilidad que combinaría con la deuda que ella se atribuía respecto al editor. Allí podría haber todavía una variante que haría más gravosa esta duda. Al escritor se le ocurrió llevar a cabo una investigación, pero retrocedió antes de iniciarla.

Si Sílvia hubiera sido madre, el hecho añadiría dramatismo a su argumento y Anton considera que ya hay suficiente. Ha dudado si su protagonista debía llegar al final verdadero, prematuro, de Sílvia. Hay todavía flecos de decisiones por tomar, pero sabe que ha encontrado la voz narrativa, el tono y, a partir del nudo de la adolescencia, avanza un poco más rápido. A veces, su cabeza hierve e incluso en algunos momentos le parece a punto de explotar.

Mientras, en una visita a la librería Laie, antes de comer un martes, había encontrado la última novela de Sílvia Cors entre un buen número de novedades, traducciones de autores norteamericanos e ingleses y de todas partes. De hecho, *Derivades*, la novela de ella, era uno de los pocos volúmenes catalanes destacados. En la portada se anunciaba, a bombo y platillo, el nombre de quien había finalizado su escritura. Se trataba de Abel Gallardo. ¿Cómo podía ser que un comentarista de libros fuera la persona elegida por el editor para terminar el libro de Sílvia? Solo adivinaba una razón: clavarle a Anton un buen puñetazo en las narices por haber rechazado hacerlo él. ¿O se creía demasiado importante? El caso era que el escritor había comentado ingenuamente a Eduard que no entendía que aquel hombre, abusando de su espacio en un periódico importante, se mostrara siempre resentido o burlón con su obra, y hasta daba la impresión de que se reía de su persona.

La lectura de la novela lo había enfurecido. No tanto por el hecho de que el personaje de Ricky, en el que él se había visto parcialmente reflejado, acabara perdiendo toda la parte positiva y quedara como un estúpido, que también, ni por el final, que era previsible y desvirtuaba la intención de la autora, sino por el cambio descarado de estilo. Los matices, la profundidad de Sílvia Cors, habían quedado engullidos por un modo plano, a menudo chapucero, de continuar la historia.

La opinión del escritor, ofrecer la novela tal y como Sílvia la había dejado, porque era posible para cualquier lector restablecer los hechos del argumento y el sentido completo de lo que faltaba, no parecía propio de la editorial de Eduard. Ahora bien, llegados a la opción rápida, según Anton, equivocada, de reanudar el argumento de la autora, ¿qué prisa había? Lo peor había sido la forma. Se notaban las ganas de apresurarse. ¿Quizá para cobrar el impacto en los lectores de la muerte reciente de la autora?

El escritor estaba que trinaba, en gran parte también porque entonces se daba cuenta de que con su negativa de terminar la novela de Cors había sido mezquino, había traicionado la amistad de Sílvia dejando que un chapucero lo hiciera sin ningún respeto. Se dijo que él debía haberse comido el orgullo y aceptar escribir el final de la novela de su amiga. No era excusa que, en su momento, Anton se sintiese incapaz de relacionarse, aunque fuera algo más de tiempo, con el editor que lo había dado a conocer a pesar de que había captado, en la carta, el deseo de Sílvia de reunirlos de nuevo.

Un fuerte levante le ofrece una pausa. El escritor ayudará a rescatar coches de la rambla, a sacar barro de los bajos, conocerá a nuevos vecinos de Caldes d'Estrac y se distanciará unos días de lo que ha leído y de lo que escribe. Pero sigue pensando en ello. Asimismo, algunas imágenes insólitas del temporal se le han clavado en la mente y quizá las utilice para describir el tiempo de la protagonista en la *roulotte* no lejos de la playa.

6

Al final, porque él no sabía moverse y tenía suficiente trabajo luchando con la escritura y contra el silencio, en Caldes no encontró charlas literarias ni clubs de lectura para dirigir y así ganar algo de dinero. Tan solo una noche hablaron de su último libro en la biblioteca. Eran una docena de personas, y no quiso que la bibliotecaria solicitara al Ayuntamiento o a otro organismo un importe para compensarle después de tantas facilidades como le habían prodigado. Viviendo sobriamente, continuaba. La novela y el luto por la pérdida de Sílvia caminaban juntos. Había mentido sobre este punto a su hermano americano y a su madre, que se habían ofrecido, cada uno por separado, a pasarle dinero. Cuando se ganaba bien la vida él lo había desperdiciado.

Anton piensa sobre qué editorial le gustaría. No quiere repetir con la última, que ha sido correcta, pero le recuerda demasiado la gestión de Sol, que ya no es su agente. En cambio, siente atracción por la de Miren Echavarría. Parece seria y con experiencia, preparada. ¿Por qué no plantearle un reto? En realidad, es una mujer que el escritor querría conocer mejor.

Podría decirle que quiere ofrecerle la lectura de una novela escrita con voz de mujer y que después, si la encuentra interesante, pueden hablar de ella. Pero ¿aceptará hacerlo sin preguntar quién es la autora, conformándose con el hecho de que Anton Bellart actúe de enlace con ella? Si la editora va a leer la novela, ¿se enfadará si tiene que acabar confesándole que la ha escrito él? Piensa el escritor que, así como antes las mujeres escribían con seudónimo masculino, ¿por qué no puede intentarlo él con uno femenino? Se podría publicar así, con seudónimo. Ahora bien, si la editora accediera, algo improbable, él perdería la posibilidad de defender la novela, de promocionarla en su nombre.

El escritor había terminado la segunda lectura completa con un mes de reposo de la primera. Estaba convencido de que sus páginas respiraban a la Sílvia verdadera, aunque una parte estaba escrita con la intuición del escritor sobre ella y otra parte más breve era completamente ficción. La protagonista es una mujer que ha atravesado grandes dificultades, como quien deja atrás un bosque espeso de árboles y lleno de matorrales, después de salir entera, aunque con rasguños de por vida. Había triunfado como pintora conservando la discreción y, en vez de encontrar a un hombre que la entendiera del todo, que aceptara sus zonas oscuras, se había encontrado a un artista inseguro, un inexperto como él mismo, que la había dejado sola en los peores momentos. Su argumento no terminaba con la enfermedad y la muerte de la protagonista, sino con un alejamiento esperanzado de la pareja a otro lugar donde vivir, un pequeño pueblo de montaña. La voz que lo contaba era la de la protagonista.

Cuando pensó que Eduard enseguida reconocería el argumento, decidió que era una buena idea exponerse al anonimato de un nombre femenino y empezó a buscarlo antes de enviar la novela a la editorial dirigida por Miren. Estaba resignado a perder la posibilidad de difundir el libro. ¿Estrella Renom? ¿Maria Tenra? ¿Olívia Onofre?

Tomada aquella decisión, Anton volvió enseguida a la historia de su padre, pero después de releer la parte escrita, no avanzaba ni se quitaba a Sílvia de la cabeza. Le faltaban su cuerpo y las largas conversaciones sobre literatura. Su pasado juntos afloraba cuando más distraído estaba. Se daba cuenta de que Eduard se había interpuesto desde siempre entre ambos y él no había sido consciente de la rivalidad hasta el viaje a Lisboa. Pero sabía que eso no justificaba sus meteduras de pata.

Tampoco con el hermano, aquel Fèlix meloso y punzante, que guardaba tozudamente lo que sabía de la vida de Sílvia, había tenido suerte ni acierto.

De repente, Anton se dio cuenta de que no había explorado la posibilidad de que el hermano de la protagonista hubiera representado un obstáculo, más que una ayuda, en su niñez y podía introducir un personaje parecido a Fèlix en *El ángel extraviado*. Él le resultaba inquietante, parecía que Anton le debiera algo por el hecho de haber sido una media pareja de su hermana. Se veía cobarde delante de él. Necesitaba releer todavía la novela que había escrito sobre Sílvia y apostar por reflejar aquella posibilidad, un conflicto que había dejado a la protagonista desamparada. No le importaba alargar el tiempo de escritura y buscar editorial.

Dijo, furioso: «¡Y, además, no podía fallar!». Aunque no fuera verosímil, Eduard y Abel se debieron poner de acuerdo para que la novela de Sílvia Cors tuviera un final feliz.

—No y no.

Durmió mal durante tres noches consecutivas. En la tercera mañana de mal despertar, escribió en *El ángel extraviado* la participación del hermano de la protagonista en el distanciamiento de los cuatro miembros de la familia. Pintaba a un ignorante integral decidido y listo que quería enriquecerse porque se había hecho jefe de grupo de la nada, había crecido en el sálvese quien pueda de las calles lanzando un guiño a una delincuencia de baja intensidad. La protagonista de la novela sería quien habría descubierto una forma de salir adelante. Pero ¿había aparecido ya Eduard, que en la ficción se llamaba Alfonso, en esta primera etapa de la pintora? Cavilaba, escribía, se levantaba a estirar las piernas, borraba, abría el balcón, oía ladrar a los perros y volvía dentro masticando maldiciones contra sus dueños y contra todo. Y así, con pausas de desánimo y empujes de actividad, perfiló el conflicto, la protagonista, la novela.

Con la novela sobre Sílvia Cors bajo el brazo, tras una contribución especial de aquel personaje fundado en la persona del hermano, que tan atragantado tenía en el recuerdo de los breves contactos con él, Anton avanzó calle Pau Claris arriba. Habían quedado en encontrarse con Òscar, pero se dio cuenta de que aún faltaba una hora y buscó una barbería.

Luego, en poco tiempo, algunas novedades llegaron a las puertas de Anton y del retiro algo asfixiante en Caldes d'Estrac pasó a tener una corriente de aire que se filtraba por varios lados. Lo llamaron a reunirse para participar en un programa de libros por la radio. Llevó el libro a Atenea, con una nota con media mentira para Miren. Su madre se puso enferma y Lolín se movilizó.

Al cabo de unos días de visitas al médico de cabecera y a un especialista, un tiempo de pruebas, no encontraban la causa de su cansancio. Anton se quedó a dormir en casa de sus padres, pasó allí una semana seguida y, finalmente, un domingo recogió el ordenador y lo básico de Caldetes y bajó las persianas del apartamento de la playa. Otro invierno se aproximaba.

Un lunes lo llamó Miren. El escritor se acordó de la editora italiana, la que tenía varios filtros antes de llegar a hablar con ella, y pensó que tenía suerte. Miren le dijo que le gustaría hablar de la novela que había dejado en la editorial. El escritor notó que se contenía.

—¿Te ha interesado?

—¿Crees que te llamaría si no fuera así? ¿Te viene bien esta semana?

—¡Mañana mismo!

—Me viene mejor el miércoles. ¿Crees que a las diez es una buena hora?

Anton se dijo que una vez más se había precipitado. Aquella falta de reflexión o cautela lo perjudicaba como autor, lo sabía. Pero enseguida pensó que no era bueno reñirse a sí mismo. Estaba muy nervioso. Le dio la noticia a su madre como si fuera un triunfo y ella esbozó una gran sonrisa, pero desde su percance de salud se volvía melancólica, una manera de ser que nunca la había distinguido. Anton tuvo que salir para estirar las piernas.

¿Qué le diría la editora? ¿Había intuido que la autora era él? Pensar que Miren tenía cierto interés lo ponía contento, pero ¿y si se engañaba? Se acordaba del primer libro de cuentos. Las dudas, la ilusión. Aunque entonces lo compartía todo con Alícia, era como un juego. En el presente no podía equivocarse. Estaba en un período de descenso; en el mercado de los libros, su nombre estaba casi desaparecido. Los derechos de autor del último año de la agente le habían reportado menos de doscientos euros. Como no los había reclamado, a mediados de abril la editorial de Eduard ni siquiera se los había ingresado. En la segunda editorial, las cifras eran negativas pese a un anticipo de derechos irrisorio.

Le interesaba presentar el programa de libros, debía encontrar algún otro medio en el que colocar sus artículos. ¿Por qué no podía ser antes la entrevista con Miren? Entonces repasó la agenda y se dio cuenta de que la reunión en la emisora de radio era al día siguiente a las diez. Había tenido suerte de quedar con la editora para el miércoles.

El ángel extraviado. La editora había dicho que el título le parecía atractivo. Le venía una serie de sonrisas cada vez que pensaba en ello. Porque Miren había recibido al escritor con una batería de preguntas directas sobre la novela que hacía pocos días él había dejado en la editorial. Cuando, cómo y, sobre todo, quién. Quién era la autora. Lo había mirado muy seria desde el otro lado de la mesa mientras él estrenaba unos instantes de prudencia. En el lado izquierdo, ella tenía una lámpara enfocada hacia el interlocutor. La cara de la editora quedaba en una zona que tenía menos claridad que el resto de la estancia. Antes de responder, el escritor pensó si esa posición era estudiada.

—¡La autora soy yo!

—Lo adiviné enseguida, ¡pero no quería que fuera cierto!

—¿Por qué?

—Solo publico libros escritos por mujeres.

—Ya lo sé. Pero puedes ponerle un nombre de mujer.

—¿Antònia Bellart?

—No tiene por qué ser la versión femenina de mi identidad.

—¿Y entonces?

—Olívia Onofre, por ejemplo.

—Por ejemplo. ¿Y cómo solucionamos el tema de los derechos?

—Mientras me pagues, y si puede ser pronto, me harás un favor. Como tú quieras.

—Se debería hacer un documento legal donde constara que tú, y solo tú, respondes a este seudónimo.

—Pero ¿te ha gustado la novela?

—Sí. Pero solo puedo pagarte seiscientos euros de adelanto por los derechos de autor. Cuando hayas firmado el documento y el contrato.

Le costaba pensar en euros.

—¿De verdad te gusta?

—¡Claro! ¿Crees que estaría dispuesta a editarla corriendo ese riesgo?

—¿Qué riesgo?

—Pues que la autora no podrá hacer promoción y, sobre todo, que la editorial pierda su rasgo distintivo por el hecho de publicar esta novela, porque todo se acaba sabiendo.

—Pensando y dándole vueltas ayer tuve una idea: contratar a una actriz que haga el papel de la autora de *El ángel extraviado.* Se le podría informar sobre el argumento y el resto, prepararla para que cubriera con naturalidad una rueda de prensa, y, si fuera necesario, alguna presentación. Total, muchos periodistas dicen no haber tenido tiempo de leer todo el libro cuando te entrevistan y no es necesario que las respuestas sean brillantes. Ya sabes que lo que les interesa a muchos lectores es si la novela se basa en la vida de la autora o no. Yo voto por que diga que sí.

Miren había sonreído de forma enigmática.

—No sabía que eras un cínico.

—¿Por qué? ¿No es verdad que eso es lo que más interesa, de entrada, a los posibles lectores?

—Si sale publicada tendrá más lectoras que lectores. Eso seguro.

—Bien, ¿firmamos el contrato y vamos a comer?

—¿Tienes pensada la actriz?

—En este país las hay muy buenas. Cuanto más joven y buen tipo tenga, mejor. Si no sabe explicar demasiado cómo y cuándo lo ha escrito, da igual.

—¿No lo decía? ¡No imaginaba que eras así!

—¿Así cómo?

Anton avanzó el cuerpo al otro lado de la mesa y la miró sonriendo con toda la intensidad de la que se sentía capaz. Estaba tan contento que tenía ganas de saltar, abrazar a la editora y gritar la buena nueva por toda la editorial. Se lo dijo a Miren, que parecía sorprendida de verdad.

—Si haces eso, no te la publico. Yo aquí solo contaré que es de una amiga tuya, firmarás el documento y el contrato ante mi abogado, en su despacho, y empiezo a pensar en la actriz.

—Muy bien. Y ahora, ¿me invitas a comer?

Ella se levantó de repente sonriendo sin responder. Lo hizo él.

—Cuando me hayas pagado, te podré invitar yo.

Ese día no almorzaron juntos, pero al cabo de una semana cenaron en un lugar elegido por Anton, un restaurante cerca del mercado del Ninot. Invitó él a pesar de no haber cobrado el anticipo de derechos. El tema de la actriz despertaba serias dudas en la editora. Mejor que fuese de fuera y alguien de confianza porque tenían mucho que perder, le dijo al escritor.

—¡O que ganar! Imagínate el alboroto que se organizaría si se supiera que el autor es un hombre. Si circulasen apuestas sobre quién es, la novela podría tener publicidad durante bastante tiempo.

—Y yo podría cerrar la editorial y marcharme a casa, ¿no? Mira, Anton, ya te he dicho que la novela me gusta. Te ayudaré a buscar a otro editor.

Me siento insegura. La actriz puede cansarse y puede revelar la verdad en cualquier momento.

—¡Es que ella también debe estar engañada!

—¿Y ahora qué maquinas?

—Me encanta esta palabra. ¡Maquinar! ¡Hacía mucho que no la oía!

Miren observaba a Anton desde el otro lado, pero ahora estaban muy cerca y él la vio más seria que nunca. Tenía una arruga vertical en la frente sobre la nariz y unos labios muy atractivos. Sabía que ella era, aproximadamente, seis años mayor que él. Llevaba el pelo muy corto por un lado, detrás de la oreja, y por otro, un flequillo liso le caía hasta la mejilla. Era esbelta, pero con formas, debía de hacer deporte, aunque todavía no le había visto las piernas.

—Anton..., con eso que propones me haces pensar en alguien.

—Espera. Tan solo digo que a esa actriz se le dice que la autora es una persona que no quiere darse a conocer porque está casada con un político o un industrial muy conocido por la razón que a ti mejor te parezca. Nada más.

El camarero, que había leído una infrecuente relación entre los dos miembros de aquella pareja, o quizá era tensión, aprovechó que habían callado para acercarse con dos cartas, una por persona, y preguntó qué vino tomarían. Por motivos distintos, ambos renunciaron al vino.

La conversación no giró más sobre los puntos conflictivos. El escritor tenía muchas ganas de que la editora le dijera por qué la novela la había convencido. Que le hablara sobre la protagonista, los secundarios, el estilo, algún aspecto. Sobre todo, le habría hecho feliz que le dijera si, a pesar de tocar un tema y un argumento tan diferentes de sus obras anteriores, pensaba que existían rasgos del narrador Bellart, de sus cuentos irreverentes, de su novela satírica, de la última recopilación..., pero ella no parecía muy interesada, como si todo se diera por sobreentendido. En cambio, le había hablado de una posible portada, de la colección en la que iría, de la tipografía, hasta que, llegado el primer plato, habían cenado entre el silencio y los pequeños comentarios sobre la comida.

De buena gana habría propuesto ir a tomar un café, y mucho más a Miren Echevarria, pero la dejó cerca de donde vivía, respondiendo al apretón de manos que ella proponía antes de mostrar la entrada de su casa. El escritor volvió solo y asombrado, como si en vez de una celebración volviera de un duelo. Y así era. Se había acabado vivir cada día con esa historia, se había cerrado esa dependencia recíproca entre él y los personajes. Él era el amo, pero sus creaciones tenían personalidad, sus vidas inventadas y, de algún modo, hacía mucho que no podía manejarlos por donde él, desde el principio, creía que tenían que andar. Necesitaba respetar su opinión, sus resistencias. De nuevo estaba solo.

Se dirigía a casa de su madre, ni siquiera era independiente, pero había evitado que Lolín acabara viviendo con ella y, a cambio, dejarle todo el protagonismo en cuidados. Hacía tiempo que él no era el hombre que se iba a dormir con una colaboradora esporádica y al día siguiente con la sustituta de maquillaje en el estudio de televisión y así ir tirando. No deseaba recuperar la despreocupación de aquellos días, la forma de vivir sin horarios ni ataduras. Pero había sido incapaz de mostrar a Miren su interés hacia su persona y quizá había desperdiciado una noche mágica. Se acordaba de Eduard acusando de lesbiana a la mujer que lo había plantado, su ex. De un tiempo a esta parte se notaba inseguro con las mujeres. No hacía mucho le había intentado proponer a la joven bibliotecaria salir a cenar, pero por motivos diversos, él solo, se había echado atrás. Después, un domingo en la estación, la vio abrazada a un chico que le pareció mucho más joven que él.

Caminando hacia casa en la noche casi primaveral, como un latido, sintió el amor de Sílvia como una tierra firme que lo había sostenido; por diversas circunstancias, él no había acabado de creérselo y ahora, en muchos momentos, se sentía desamparado.

Escribiendo, había hecho de buitre picoteando en su pasado. Con madejas de grosores y colores variados, había hilado un cuerpo nuevo para la historia de su amiga. Exprimiendo toda la belleza posible de las palabras había dibujado un personaje sensible y esforzado, una artista que necesita a los demás, aunque no es capaz de tenerlos demasiado tiempo a su lado. No era exactamente Sílvia, ni mucho menos, pero estaba contento con la novela. Y se acabó preguntando por qué Eduard había dejado escapar a una mujer como Miren.

7

Cuando el escritor vio la foto que la editora le enviaba de la actriz Anita Farben Pérez, que en realidad se llamaba Gudrun López, tembló. Por primera vez se hacía cargo de verdad de dónde se metía. Era una joven de cuerpo impactante, sexi, y su forma de vestir no hacía más que acentuar aquella particularidad. Por la calle, pocos hombres debían dejar de mirarla y darse la vuelta después de que pasara por su lado. Alta, rubia, de cintura delgada y pecho abundante. Piernas un poco llenas pero perfectas y falda estrecha. Guapa. La sensación que mejor definía su mirada era la de frivolidad; quedaba claro que se trataría de una imagen promocional, pero el escritor opinaba que hay rasgos difíciles de conseguir si no se llevan de origen. Justamente, la imagen contradecía la percepción de la protagonista de *El ángel extraviado.* La actriz era de padre catalán y madre alemana. Era creíble, pues, que escribiera en catalán. Vivía en Karlsruhe.

—¡Uf! —dijo en voz alta.

Su madre estaba allí y apartó el original de la novela de su hijo, que estaba leyendo, para mirarlo. Montserrat parecía haber recuperado un poco la confianza en su autonomía, estaba mejor, y él se planteaba el regreso a Caldes. Anton sentía necesidad de contarle aquel lío y se lo resumió en pocas palabras.

—Parece una situación divertida.

—Pero se trata de publicar sin mi nombre y eso no es divertido.

—Yo creo que sí. La novela es buena e irá bien. Preocuparse por ello es perder el tiempo. No necesitas a nadie que la promocione.

El escritor le acercó la pantalla en la que se veía la foto de la falsa autora.

—¡Qué monumento!

—Yo me lo he buscado, aunque ahora me da rabia. Nadie sabrá que yo soy el autor y que esta mujer es una impostora.

—Pero ¿no era eso lo que querías?

A veces esa madre querida le resultaba irritante. Con la enfermedad, ¿el carácter se le había vuelto algo áspero? Se levantó.

—Yo iría a dar una vuelta y pensaría las instrucciones que hay que darle a la actriz.

Perfecto, pensó él. Solo falta que me diga lo que ya sé que debo hacer.

La editora acordó con el escritor que ella le informaría de todo a través de una nueva dirección de correo. Si era importante o urgente, lo llamaría. Era imprescindible que nadie de la editorial Atenea supiera su pacto. Habían firmado los documentos y él había recibido el anticipo de derechos. Anton había gastado algo de dinero y se había sentido bien. El instinto de escritor, adiestrado por las otras veces que había publicado, lo llevó a comprarse ropa nueva para no aparecer vestido siempre igual en las fotos, sin recordar que no lo necesitaría porque la promoción la haría la actriz. Él no sería retratado.

Quien salía radiante y atractiva en las imágenes en las que se anunciaba la novela era Anita, pero en estas resultaba más natural y casera que en la foto de promoción, con lo que podía defender mejor que la novela tuviera rasgos autobiográficos. En realidad, la actriz había vivido algo parecido a Marina-Sílvia, aunque Anton no lo sabía. Farben también había firmado un acuerdo donde constaba lo que tenía que hacer y lo que, bajo ningún concepto, podía decir. Su contrato era por un mes, ampliable hasta dos. Incluía disponibilidad para entrevistas, presentaciones y firmas.

Miren llamó al escritor tras la rueda de prensa en Barcelona.

—Estaban todos los medios: grandes y pequeños.

La cosa había ido muy bien, según le contó. Anita había hablado poco y con mesura. Le habían alabado la madurez en aquel primer libro, se sorprendían de ella, y la actriz había quedado bastante bien diciendo que leía mucho. Le habían preguntado qué leía. Había dicho Thomas Mann, Virginia Woolf, Mercè Rodoreda.

—Por raro que pueda parecerte, se la ve algo distraída o desorientada cuando le plantean preguntas referidas al doble oficio, al tema de la mujer escritora..., a la cuestión autobiográfica. Ya sabes, donde parece que podría defenderse mejor.

Pero, cambiando el tono, Miren le dijo que en realidad lo más importante era que en la editorial y en la distribuidora estaban desbordados. Recibían pedidos en tromba y estaban a punto de sacar una segunda edición con seis mil ejemplares, el triple de la primera. Y le salió decir:

—¡Felicidades por la parte que te toca!

El escritor estaba contento y furioso. Se maldecía por haber elegido la editorial de Miren. ¡Cualquier otra le habría publicado con su nombre y que se fueran al carajo Fèlix y Eduard! Anton, en cambio, estaba aliviado. No iría ahogado por el dinero y no estaría presionado para escribir solo para ganarse la vida. Y Bellart también estaba triste. La obra que había parido en horas de calma, de inquietud, comprendiendo el dolor de Sílvia, hasta que había llorado por su Marina, todo aquel tiempo vivido por él con el argumento en intimidad absoluta, existía para los demás con el nombre de Anita Farben, cuya cara no era la suya. Se merecía dimitir del oficio.

Se quedó en silencio después de la felicitación de Miren y entonces ella le dijo que no era su intención ser irónica, que, por supuesto, el mérito principal era suyo.

—Me he equivocado y ya no hay solución. ¿Insinúas que existe un mérito secundario?

—Piensa que el hecho de que quien pasa por autora sea mujer, joven y atractiva, tiene mucho que ver con la respuesta de los medios y la reacción rápida de los lectores.

—¿Quieres decir que, si la novela hubiera aparecido con mi nombre o con el de una anciana, no se vendería tanto?

—No se vendería tan rápido, aunque, cuando se trata de una buena novela, los resultados, a largo plazo, suelen ser siempre buenos. Oye, ¿por qué no nos vemos y hablamos de todo esto tomando algo?

Por primera vez era la editora quien le hacía esa pregunta y él se hizo el remolón.

El programa de libros de la radio era el jueves después de la sobremesa, se emitía cada quince días.

Eran dos personas. Una periodista con bastante experiencia, Teresa García, y él. Invitaban a un escritor, un editor o un librero para quienes Teresa tenía unas preguntas a punto y Anton solía meter baza. A continuación, había recomendaciones de libros, que preparaba el escritor. Antes de terminar se repasaba la agenda literaria del medio mes siguiente. Cuando esa tarde entró en la emisora, Teresa le sonrió.

—¡Tenemos una bomba!

—¿Cómo dices?

—¡Tienes que leer este libro!

Vio un ejemplar de su libro en la mano de la chica, que lo tendía hacia él.

—Me lo he leído en dos ratos. ¡Qué historia! Parece verídica. ¡Y qué sensibilidad! Ya me perdonarás, pero se nota que lo ha escrito una mujer. Aunque, si quieres que te diga la verdad, no me cuadra con el aspecto de la autora.

—Quizá no la ha escrito ella.

—¿Qué dices? Atenea es una editorial seria; yo la sigo desde sus inicios.

—¿No sabes que hay escritores que, por dinero, escriben libros a otras personas?

—Pero no es el caso, seguro. ¿La has visto? No es el perfil de la vieja actriz famosa que, al final, necesita demostrar que además sabe escribir. Es una actriz en ascenso y te aseguro que después de este libro subirá más y deprisa.

—¿Tan bueno te parece?

—No te lo puedes imaginar... La historia es como tantas otras, pero parece que oyes la voz real de la protagonista, Marina. Me la imagino grave y quebradiza, y sus ojos... Pero ¿qué te estoy contando? ¡Léelo y hablamos! Y debemos entrevistar a la autora y recomendar la novela lo antes posible. ¡Nadie que ame la literatura se la puede perder!

—¡Ni hablar! ¡Con la pinta que tiene, yo no la entrevistaría!

—Pero, Anton, ¿qué dices? Esto es la radio. Estás de broma, ¿no?

—¿Crees que escriben mejor las mujeres?

—No es eso, pero hay ciertos temas... Aquí se nota ese tono delicado, la experiencia ofrecida sin vanidad, sin subrayados, con las palabras precisas. Tiene una belleza profunda.

—Podrías escribir tú el comentario sobre este libro. Lo haces muy bien.

—Pero ¿qué te pasa? Yo no sé escribir. Eso te corresponde a ti con todos los honores. Lo que tendré que prepararme mucho es la entrevista con Anita Farben, si es que acepta venir, porque me han dicho que está más que solicitada.

El escritor estaba emocionado por las palabras espontáneas de su compañera. Le daban ganas de abrazarla y, al oído o mejor gritando, decirle es mía, ¡mía!, la he escrito yo, palabra a palabra, frase a frase, durante largas horas de soledad, de renuncia a casi todo lo que antes me hacía feliz. Inspiró fuerte porque estaba seguro de que pensando en las penalidades del tiempo de escritura en Caldes se le había quedado cara de náufrago.

8

La presentación de la novela iba a tener lugar en una gran librería del centro de Barcelona. El escritor llegó media hora antes y desde la puerta de la sala ya vio que solo se cabía de pie detrás de todo o a los lados. No le convenía estar a la vista. De repente, se dio cuenta de que la secretaria de Eduard se encontraba entre el público y guardaba sitio. Era un riesgo quedarse allí, aunque fuera un minuto más. Al pasar entre los largos estantes llenos de libros, pensó que su libro, anterior al que se presentaba al cabo de un rato, haría ya tiempo que habría desaparecido de la vista de un probable comprador. Con suerte, podía encontrarse embutido entre los autores y las autoras cuyo nombre empezaba por B. Cuando salía, vio a Miren y Anita acompañadas por la responsable de la librería acercándosele de frente. La editora lo saludó con dos besos.

—Te presento a Anita Farben. Anita, uno de nuestros mejores narradores, Anton Bellart.

—Mucho gusto.

—¿Te vas?

—Sí. Lo siento. Tengo una actividad.

Lo dijo mirando a la chica para ver qué cara ponía. Aunque le sonrió, ciertamente, su expresión no maridaba con el triunfo. El escritor habría dicho que parecía asustada, insegura. Al final, como él, con ese trabajo quería ganar algo de dinero. Ambos se habían traicionado. Anton dijo enhorabuena por toda despedida y se alejó deprisa pensando que todavía se podía encontrar de bruces con Eduard. Pero con quien estuvo a punto de toparse por primera vez fue con Abel Gallardo, que llegaba disparado, probablemente sospechando que tendría que estar de pie todo el rato. Anton lo reconoció justo cuando pasaba a su lado. Era mucho más joven de lo que pensaba y le pareció físicamente raquítico, poco agraciado, aunque tenía una expresión inocente. Se quedó desconcertado. Aquella persona que le había escatimado el sueño algunas noches era, en su pensamiento, un gigante al que no se podía enfrentar.

Aquel comentarista de las páginas literarias más leídas, el que lo había menospreciado desde el primer libro, la persona que siempre buscaba las palabras más punzantes para desinflar sus cualidades, que se reía de sus títulos y de él, calificaría *El ángel extraviado* como obra maestra. La foto de la inventada Anita Farben era la del catálogo de actrices y actores. Una mujer despampanante que acumulaba éxitos con su primera novela. Comentaba el crítico que, sin duda, debía de ser autobiográfica en un noventa por ciento. Estas eran las profundas palabras de quien el escritor sabía que no era amigo suyo sin conocer las causas. En este caso, en el comentario no podía constar un largo párrafo pasando revista a la trayectoria completa de Farben como hacía con él. Aquí, en la introducción, valoraba el hecho de que una mujer de origen alemán se incorporara a la lista de las autoras catalanas y lo hiciese con una prosa profunda y sensible que enamoraba y, como consecuencia, la ponía al frente de las demás.

El escritor se preguntó qué habría escrito el crítico si el nombre de la cubierta hubiera sido el suyo. Creía que era capaz de adivinarlo, pero ¿de qué le serviría ese esfuerzo? ¿A quién le interesaban las filias y fobias entre algunos de su gremio? Todo eso lo había dejado enredado dentro de una enorme melancolía. No era capaz de avanzar en el libro sobre su padre, la voz de Marina todavía le susurraba escenas en las puntas de los dedos, aquellas que habían avanzado, durante mucho tiempo, obedientes al pensamiento, en la vida de la protagonista, pulsando las grafías, las palabras, hacia un sentido que ya había quedado aislado con un punto final.

Había llamado a Ester Miliés, la chica que estudiaba la obra de Sílvia Cors. Le debía dos libros de la autora desde hacía demasiado tiempo. Cada uno tenía escrito el nombre y el teléfono en la página de los créditos como si adivinara que el escritor no sería capaz de encontrarlo en ningún otro sitio. Había que devolverlos pues. Tenía que disculparse con aquella persona que recordaba como una niña por cómo iba vestida y porque se había puesto a llorar, seguramente por culpa de él, por comportarse como un imbécil. Ya no recordaba el motivo.

Con otros indicios, el escritor había sacado características de Sílvia de aquellos primeros libros que lo habían ayudado a sostener la obra de ficción sobre ella. Algunos que él ya conocía y que su amada había dejado en préstamo a uno u otro de sus personajes; sobre todo, recordaba Anton, a una de sus protagonistas.

Con la estudiante, quedaron en la puerta de Letras de la universidad. Entonces él ya no disponía de un sitio propio en la capital. Incluso teniéndola delante, Anton no la reconoció. Tan solo le guiaron, además del lugar y de la hora, unos ojos castaños, corrientes, de mirada clara, y un pelo abundante, rizado, casi panoja. Le pareció más alta, con mejor figura y más madura que en la primera entrevista. ¿Cuánto hacía que la había visto? Bastante, porque las dos obritas se las había llevado a Caldes, y hasta que la novela estuvo terminada no se dio cuenta de que esos libros no eran suyos. El escritor ya había tomado café, hacía sol, y propuso a la chica pasear por la ancha acera frente al hermoso edificio antiguo. En realidad, él anhelaba ir hacia otro lado. Quería volver a los Encants o ir a recorrer librerías para ver cómo iba el libro y tenía, además, un artículo por escribir. Pero en esta ocasión quería ser amable con la chica.

Ella había impreso para Anton el trabajo sobre la literatura de Sílvia Cors, aunque no estaba del todo terminado. Él se lo agradeció. Ester le dijo que se podía quedar el ejemplar del libro más antiguo porque ella había encontrado otro en el mercado dominical de Sant Antoni. Muy directa, la joven preguntó si él estaba a punto de publicar obra nueva, hacía tiempo que no sacaba nada. Al responder que no, la chica se volvió hacia él y al escritor le pareció que esos ojos lo interrogaban sin palabras. Anton dio sus explicaciones a medias y, cuando iban a decirse adiós, Ester sacó de su gran bolso de tela un ejemplar de *El ángel extraviado*.

—¿Lo has leído?

—Sí. Todo el mundo habla de él.

—Me pasa algo raro con este libro...

Anton resistió el silencio levantando un poco la cara hacia la copa de uno de los plátanos que alegraban el paseo.

—La protagonista me recuerda a Sílvia.

—¡Ah! ¿Y eso por qué?

—No veo su cara, pero sí su expresión. Es pintora, y Sílvia Cors también pintaba. No se mencionan sus problemas, pero sí se adivina el trasfondo de sus argumentos. Una idea latente de predestinación. ¿Estarías de acuerdo?

—Pues ahora que lo dices, eso último...

El escritor se siente perdido. Los años de más, su experiencia, el escepticismo que ha ido guardando dentro de un pozo interno, ¿de qué le sirven ahora? ¿Ella es tan franca y natural como parece o es una adivina que quiere acosarlo? Han permanecido callados y, frente al espacio de jardín junto a la calle Balmes donde acaban de llegar, han dado la vuelta de nuevo hacia la puerta cercana a la calle Aribau, como si fuera forzoso decirse adiós exactamente donde se han encontrado.

—El título me encanta.

—*El ángel extraviado.* Sí, está bien.

Está a punto de explicarle cómo lo ha conseguido, después de dar muchas vueltas sobre lo que nos es dado en la vida y la parte de esos dones que quisiéramos devolver. Pero en vez de eso dice:

—Bueno..., gracias otra vez y...

—¡Hay algo que me hace mucha ilusión!

—Tú dirás —ríe Anton.

—¡Me gustaría que me lo dedicaras!

—¿Yo? Pero...

Se muere de ganas y está patidifuso mirando cómo unos estudiantes gritan y se empujan por los breves escalones que llevan donde están los dos, uno delante del otro.

Ella abre la cubierta y le ofrece la página donde solo está el título. Se lo acerca junto con un bolígrafo. El escritor pone «Para», el nombre de ella y firma. Es consciente de que será, probablemente, la única dedicatoria de su libro más vendido.

9

Bajó del metro en la parada de Glòries. Había estudiado la forma de observar el lugar de venta de Fèlix desde cierta distancia y desde la esquina opuesta por la que se había aproximado la otra vez. Aprovechando que todavía hacía frío, había llevado un gorro de lana gris y gafas de sol. El puesto parecía sin atender. Se acercó con el corazón al galope, hasta que para animarse se llamó «bendito» cinco veces seguidas. A menudo aflojaba la tensión con la crítica y el insulto hacia sí mismo. Había en Fèlix algo que le intimidaba. ¿O estaba en él lo que se dejaba intimidar? Al poco, se acercó más. No veía ni al hermano de Sílvia ni a la giganta de labios pintados; en cambio, una chica de unos diecisiete años leía sentada en un taburete bajo y parecía muy concentrada. Se quitó las gafas. El cuadro de la escritora estaba en el suelo. Terminó de acercarse sin ruido y preguntó el precio de un joyero de madera. La chica lo cogió, le dio la vuelta y dijo: «Seis y medio».

—Me parece bien. ¡Ah! ¡Tenéis cuadros! ¿Cuánto vale aquel?

Ella repitió el gesto de girar el objeto.

—Veinte euros.

—¿Tienes más?

La joven se movió y no encontró ningún otro.

—Si se espera un poco, mi padre estará a punto de llegar.

—Ya volveré otro día. Me quedo el de la mujer. No hace falta que lo envuelvas.

Dejó un billete de veinte y la chica preguntó si también quería el cofrecillo.

—No, hoy no. ¡Adiós!

Fèlix era capaz de interrogar a la niña cuando viera que había vendido el cuadro de Sílvia. Anton no veía fácil obtener su retrato, si es que alguien se lo había quedado, cosa improbable, aunque podía enviar a otra persona y prepararla bien. ¡Ya estaba! A su madre. Ella hablaba inglés muy bien y podía ir con aspecto de turista. Ya libre de disfraz, pensó que nunca habría imaginado que Fèlix tuviera una hija y que ella fuese tan diferente a su padre. Enseguida pensó en Òscar y se alegró de saberlo, asimismo, distinto a él.

En casa de sus padres, donde entonces vivía, recibió la carta de una academia donde se le informaba de la posibilidad excepcional de prepararse para sacarse el título de abogado en una próxima convocatoria propiciada por un cambio definitivo del plan de estudios. Además, se adjuntaban programas, precio de matrícula, fechas. Con un arrebato, la envió a la papelera, sobre incluido.

Ferran llamó para anunciarles que había alquilado un apartamento en Nueva York, donde llevaba casi un año trabajando, porque él y Hellen habían decidido separarse. Era un momento ideal para ir a hacerle compañía antes de que se volviera a liar, dijo riendo. Si Anton quería encerrarse a escribir sin que nadie lo molestara, sería como si estuviera en una isla desierta, pero con facilidad podría encontrar mucho movimiento para divertirse si le apetecía. El escritor pensó que ese hermano suyo se había injertado en la vida americana y sabía resumirlo todo con unas pocas imágenes contundentes. Se vio en un undécimo piso, rodeado de rascacielos y con un gris de plomo que lo afianzaba en una silla frente al ordenador.

La fama de la novela continuaba. Ya había cinco traducciones confirmadas y todo funcionaba sin su concurso. De vez en cuando, cuando le informaba, Miren le seguía proponiendo verse. El escritor dijo que aceptaba si se veían en un lugar que no fuera público y, si podía ser, en casa de ella. Pensó que así lo dejaría tranquilo. La editora no era la causa de su inquietud por la situación en la que se encontraba; pero, de algún modo, él lo asociaba.

Su madre había recuperado la carta de la universidad de la papelera. Era una vieja costumbre que tanto Ferran como Anton detestaban en ella y que este, al cabo de los años, había pasado por alto. Repasaba los papeles que sus hijos destinaban a la basura. En el pasado, a Anton lo sacaba de quicio cada vez que ella le mostraba apuntes, cartas, notas de las que él se había desprendido. Al escritor no le gustó lo más mínimo, aunque, una vez o dos, recuperarlos le había sido útil. En ese caso, fue la propia Montserrat quien le mostró el papel.

—Total, es una asignatura y un título puede ayudar, aunque seas escritor.

A veces Anton tenía la sensación de que su madre, a pesar de su expresión inocente, se burlaba de él. Recordó entonces que Alícia le había dado un no de cara a vivir con el hijo de ambos cuando el piso de la calle València quedara libre. Tenía que buscar urgentemente un lugar donde vivir solo. Después de pensar en ello, Anton miró a Montserrat y se encontró con su expresión voluntariosa de siempre, la cara muy pálida, con las arrugas más marcadas a cada lado de la boca, la mirada interrogante y, al mismo tiempo, desconcertada, quizá porque él no respondía enojado. Pese a que la enfermedad parecía remitir y su madre mostraba energía por lo cotidiano, había adelgazado y él le veía muchas arrugas en una cara que había sido muy bella. Anton habría querido montar un escándalo de los suyos y cerrar el asunto rompiendo en trocitos aquella carta, pero dijo:

—Mira, te propongo que vayamos los dos a ver a Ferran, que aunque no lo dice, debe de estar bien jodido. El cambio a la capital no sabemos si le sienta bien, ¡pero Nueva York sí vale un viaje! Prometo considerar de nuevo el tema de la carrera, lo comentaré con él. Dame.

—¿Y Òscar? ¿Y Lolín? Tengo que pensarlo. ¡Uy, Nueva York queda lejos! Pero, mira, yo esos papeles no los tiraría.

10

Tenía que firmar unos contratos con editoriales extranjeras. También había un proyecto para convertir *El ángel extraviado* en una película o una serie de cuatro capítulos y había que hablar del tema. La editora esperaba tener toda la documentación cuando se vieran. Lo pondría al día.

Empezaron a hablar de la actriz, con la que Miren había pactado alargar las intervenciones, al menos hasta la fiesta de Sant Jordi. Se preveía que el éxito de la novela se mantendría sobradamente hasta esa fecha.

—Anita ha tenido una oferta para una obra de teatro y me parece que se quedará a vivir en Barcelona.

—¡No sabía que yo tenía tanto poder!

—De hecho, ella desea cerrar su etapa de escritora y dedicarse por completo a la interpretación.

—Una chica inteligente.

Miren le sonrió de forma enigmática. Pese a las noticias gloriosas para su editorial, iban por la quinta edición, no estaba resplandeciente como el primer día, el de la segunda edición, aunque Anton le descubría una expresión muy bella, la encontraba más guapa. Llevaba un traje con estampados azul cielo y gris que le marcaba la silueta, acompañado de unas botas. El escritor pensó que seguiría sin verle las piernas, aunque sí las rodillas.

Todo estaba a punto. El apartamento era espacioso, sugería que vivía más de una persona, y el escritor se preguntó si ella había compartido allí los primeros tiempos con Eduard. Le gustaba como mujer, pero en su interior encontraba duda e inquietud. ¿Le gustaba más que cualquier otra por su pasada relación con Eduard? Se había propuesto dejar que la conversación, los gestos, las miradas hablaran. No intervenir.

La primera parte fue profesional y muy agradable, llena de sonrisas y cierta relajación por parte de Miren. A Anton le produjo la sensación de que ella no era infranqueable, como siempre le había parecido. En el postre, el escritor sacó a Sílvia Cors en la conversación a raíz del libro completado por el crítico y escritor. Ella dijo que no lo había leído.

—¿Tenías miedo de que fuera un desastre o no es una autora que te interese?

—No es ninguno de los dos motivos.

—¿Tuvo que ver con la ruptura con Eduard?

—En realidad, visto en perspectiva, me ayudó a aclarar una tendencia de él que afectaba a nuestra relación desde casi siempre. Y, justamente, yo también quiero hablarte de Eduard.

—Yo quería hablar de Sílvia García. ¿Sabes que Cors era un seudónimo?

—Vamos al grano. Sé, y sabía entonces, que ella y Eduard se entendían.

—¿Nada más?

—¿Qué quieres decir?

—Ella me dijo que, en un momento difícil, Eduard se portó muy bien con ella, que era buena persona y que no podía negarle nada.

Miren sonrió y agachó un poco la cabeza durante unos breves instantes.

—Sílvia fue la gota que colmó mi vaso porque, dentro de la editorial, lo que había entre ellos se hizo público y mi orgullo me obligó a irme.

—Pero ¿qué era tan complicado para que ella no quisiera hablar del tema?

—Cuando se conocieron, ella estaba embarazada, sin pareja ni piso estable ni dinero. Eduard argumentaba que no había nada serio entre ellos, que la había ayudado porque tenía interés en su novela y porque no le costaba hacerlo. Pero si no estaba con ella, estaba con otra y yo estaba harta.

—¿Y el niño? ¿La criatura?

—Murió.

—¿Y qué me quieres decir sobre Eduard?

—Me llamó y me dijo que pensaba hundir Atenea. Que sabía perfectamente quién había escrito *El ángel extraviado* y que me despidiera de hacer de editora solo de escritoras y de mis mandangas para darme aires... Dijo «mandangas». ¡Me aburre esa forma de hablar!

—¡No creo que lo haga! Pero es listo, sabe que, si lo hace, le dará publicidad a tu editorial y la polémica alargará la vida del libro. No sé si es lo que más le conviene.

—Pero quizá si desacredita a la empresa que he levantado poco a poco, mis tres sellos, me hiere directamente y me devuelve el golpe. Yo retiré mi capital cuando nos separamos.

—¡Ya lo ves! Todo esto pasa por mi mala idea de ponerme un seudónimo, ¡un nombre de mujer! Pero, mira, ¡no puede demostrar que el autor he sido yo!

El ambiente había pasado de alegre a confidente e inquieto.

—Puedes abrir Atenea a escritores, reconvertir una editorial que ha sido una señal de calidad específica en otra empresa diferente, abierta a autores y autoras como la mayoría, pero sin rebajar la calidad ni la cuidada edición...

La conversación había girado sobre Eduard sin

que Miren diera ninguna pista más concreta acerca de la separación de ambos. Anton comprendía que ya lo había hecho cuando habían recordado a Sílvia, pero una confesión habría sido una caricia de aquellas manos cuidadas, de dedos largos. De repente, su reunión se centraba en el exmarido de Miren, en su exeditor y en el miedo a la influencia que él podía ejercer sobre uno y otra. ¡Qué decepción! Había llegado tarde, hasta la llama de la hermosa vela lila que ardía desde que se habían sentado a la mesa se había apagado. El escritor tuvo ganas de levantarse bruscamente e irse al momento. Aquel tiempo en Caldes lo había vacunado contra la rapacidad conquistadora que antes le aguijoneaba; había previsto una aproximación diferente a Miren, pero las noticias la habían torcido. Terminaron de cenar y el escritor se fue enseguida.

Al día siguiente ella le envió un mensaje. Le decía que le había abierto su casa porque confiaba por completo en su discreción, cuyo mensaje de alguna manera lo contradecía, y él le respondió que podía estar tranquila. En otro tiempo, Anton se habría sentido dolido por ese comentario, pero por aquel entonces cuando tenía la sensación de ser seguido por alguien, no pensaba ofenderse. De hecho, también podía interpretar que ella se había expuesto invitándolo a casa. ¿De ese encuentro esperaba Miren una aproximación personal en la que la discreción fuera un bien compartido por ambos? Él había esperado mucho más.

Ferran proponía una fecha para el viaje con su madre a Nueva York. El escritor se dijo que antes necesitaba unos quince días para terminar proyectos empezados, actividades pendientes, adelantar artículos y entonces, allí, descansar y quizá recoger de viva voz, para la novela, información de la fábrica, recuerdos de su madre. Debía recomponer al máximo las dos generaciones anteriores a sus padres.

Encargó el temario a la academia especializada en desatascar la carrera a futuros abogados. Ofrecían preparación enfocada a los exámenes. Le llegó enseguida. Se recogían cuestionarios con los temas preferidos a lo largo de muchos cursos.

Anton Bellart se acordó del viaje de regreso desde casa de Ferran, en Estados Unidos, tras la muerte de Sílvia. Cómo le apretaba la soledad en aquel gran avión completamente lleno. Había tocado fondo acompañado de Ferran. Entonces le había parecido que no tenía nada, todo el camino parecía cuesta arriba a sus ojos. Pero estaba resuelto a continuar la subida justo comenzada, la dura abstinencia de fumar y beber sabiendo que eran dos cumbres para alcanzar. En el presente, era consciente de que la comprensión de su hermano le permitió descubrir que el dolor que la ausencia de su amiga le había dejado era una gran verdad a la que no podía cerrar los ojos. Nunca antes había relacionado verdad con herida abierta.

De las profundidades del dolor había izado una historia que había dejado un poco de suerte en su vida. A ratos, se veía como un miserable, como debían mirarle los ojos de Fèlix, que intuía que había sacado provecho de su hermana. Se dijo que él también había sacado provecho vendiendo a Eduard la novela de Sílvia. ¿Por qué no había querido escucharle y respetar lo que la autora quería?

Ahora Anton, con su madre de muchos años al lado, bien dormida, volvía a los Estados, que unidos quizá no lo estaban, pero era un país grande y con mucha influencia en todas partes. Iba de nuevo con unos kilos sobrantes por culpa de la abstinencia. Ya se veía en la consulta de Vives para que lo ayudara a adelgazar. De eso los americanos sabían, y a él le gustaba cada vez más que lo ayudaran. ¿Por qué había intentado hasta hacía poco solucionarse él mismo los problemas? ¿Orgullo?, ¿vergüenza?, ¿costumbre? Ni siquiera estaba seguro de que encerrarse en Caldes, a sufrir como un idiota, hubiera sido un paso adelante. ¿Comprobar si era de verdad escritor? Ahora ese planteamiento le hacía sonreír. La novela sobre Sílvia habría llegado también, quizá más tarde, estaba convencido de que se encontraba en su interior. En aquel pasado, tenía que dejar de beber alcohol y fumar. Quería escribir, tenía un proyecto que se basaba en la culpa por no haberse entendido con su padre. Pero se había encontrado con una culpa más hiriente.

Había roto con Sílvia sin permitir que ella le contara su enfermedad, sin acompañarla en los últimos tiempos, abocándola quizá a una mayor desesperación. Miró la masa blanca que los rodeaba. Él era un don nadie y hacer de escritor le había hecho creer que era alguien, digno de recibir simpatía y admiración por parte de los demás, un trato preferente. Le apasionaba escribir, pero sabía que hacer de escritor era una trampa que él mismo se ponía y que le permitía ampliar su pobre vida cotidiana con ficción. La prueba: todo aquel que leía *El ángel extraviado* creía que era obra de una mujer que había contado parte de su vida. En medio de las nubes y por primera vez se dibujó en el pensamiento de Anton la posibilidad de cambiar de vida.

Las novedades les esperaban desde el mismo momento en que vieron a Ferran en el aeropuerto. Estaba más gordo que Anton y llevaba un pie enyesado. El abrazo con su madre dejó una metáfora en la mirada del escritor. La rama, nacida del árbol, era más alta y sobre todo más fuerte que el tronco de origen. Al llegar al aparcamiento, una chica conducía el coche del hermano del escritor. Era morena, pequeña y de pelo negro liso. No podía haber más contraste con Hellen. Ferran la presentó como su secretaria en la universidad. Guadalupe. Les contó que ahora dedicaba menos horas a la investigación y daba más clases. Bajaron del coche en la Quinta Avenida y un ascensor estrecho los dejó en un apartamento no muy grande. Comparado con la anterior vivienda, Ferran había perdido el sesenta por ciento del espacio. Claro que allí solo vivía él. No tenía aparcamiento en el barrio todavía. Debía pasarle una pensión alta a Hellen y tenía que ir despacio. Los acogió en un sitio aún sin recuerdos ni adornos. Una mesa mediana con ordenador, muchos papeles y libros, y una foto de sus hijos. Sonreían desde sus caras brillantes de niños bien tratados por cuencos de cereales abundantes y escuelas de élite.

Se sentaron en una hamburguesería cercana y ambos hermanos decidieron empezar el régimen al día siguiente. La madre se postuló para cocinera jefe a las órdenes de ellos. Se había recuperado, aunque había adelgazado y se veía mayor. Se pusieron al día y Ferran alucinó con los detalles del éxito de la última novela de Anita Farben.

II

En Nueva York pasaron momentos felices. Su madre y él, sometidos al termómetro horario, que ahora les permitía andar una hora y media por las calles y después los dejaba agotados en un bar. Las tardes con Ferran, tomando café en aquel sofá descabalgado de libros. Animada por Anton, Montserrat habló de la fábrica, de cuántas obligaciones suponía, qué equilibrios debían hacerse para salir adelante, cómo había afectado a la vida de la pareja. Lograron una buena posición, pero los sacrificios de su padre fueron, según ella, demasiado grandes. Aquel final de su marido le pareció una dimisión. Más de una vez, el escritor palpaba la nostalgia de un tiempo difícil pero que su madre había vivido llena de energía y dispuesta a dar lo mejor. Ambos hermanos se miraban de vez en cuando. Sin duda valoraban la fortuna de su padre por haberla tenido a su lado.

El escritor no tomaba notas. Aquellas vivencias se le grababan de un modo especial, parecido a algunos recuerdos de Sílvia. Pero no escribió ni una palabra. La ciudad era demasiado atractiva para pasar las horas quieto con sus palabras. Y preveía que lo que vivían los tres, aislados en las dimensiones gigantes de la ciudad, era difícil que se repitiera. Los primeros días caminaron mucho, fueron en taxi a los diferentes barrios, se divirtieron con un musical. Montserrat quiso ir a Harlem, pero también al West End, en cuyas calles habían rodado la película *West Side Story*. Ella se sabía algunas canciones de memoria. Pero el quinto día Montserrat prefirió quedarse en el apartamento y, a partir de entonces, Anton salía solo a rondar o a comprar para comer o cenar. Montserrat limpiaba y ordenaba cuando sus hijos no la veían.

Una mañana, Ferran los llevó a la universidad, al departamento donde trabajaba, y a raíz de aquella visita ella les habló de cuando estuvo a punto de entrar en la Universidad de Barcelona. Lo pospuso. Primero, para casarse; después habían venido los hijos, los había mirado con una sonrisa dulce, y la fábrica no paraba de plantear retos, su padre de hablarle y ella, de comentarle cómo lo veía desde fuera. Durante años lamentó no haber ingresado en Biología, pero entonces estaba convencida de que había sido la mejor decisión.

De repente, dijo que quería volver a Barcelona enseguida. Le gustaba que Anton se quedara una temporada con su hermano, mejorando el inglés, escribiendo o descansando. Cuando la querían convencer de alargar la estancia, ella mencionaba a Òscar como si lo hubiera abandonado en tierra de nadie, pero lo cierto era que padre y abuela hablaban con él cada día. Respecto a Lolín, había novedades. Apareció su marido después de años de ausencia. Ahora que era viejo y casi un desconocido, ¿debía su amiga recogerlo? No sabía qué hacer y le vendría bien tener a alguien cerca para hablar de ello.

Montserrat cogió el avión al cabo de apenas dos semanas de compartir, en un espacio estrecho, la vida con ambos hijos. Pensaba en ello con una sonrisa. Tumbada en el sillón del avión, durmió como si estuviera en una cama ancha con colchón de plumas. Añoraba su casa.

En cuanto se hubo marchado su madre, el escritor anotó algunas ideas sobre la fábrica, sobre los recuerdos de Montserrat joven. Y en medio se le filtraba la historia de Lolín. La amistad entre ambas se había ido forjando más allá de la relación semanal de muchos años, de la clase social y del carácter. Por lo que él sabía, no había otra persona con quien Montserrat se viera tanto y con quien hablase con total confianza como con la costurera.

Para Anton se había abierto otra ventana en el proyecto de la fábrica. Su madre había hablado de sus suegros, a los que Anton había conocido en la infancia, habían muerto pronto, e incluso de los padres de sus suegros, de donde venía la entrada de la familia Bellart en el negocio del textil. Mamá les había recordado que los padres de su suegro eran de origen campesino y Anton había pensado que debía empezar por allí.

Un sábado, Ferran y Anton fueron a una fiesta particular en casa de un catedrático, a las afueras, y el escritor captó un ambiente refinado, donde mantenerse abstemio hacía que uno se perdiera buena parte del posible encanto de la reunión. Las mujeres iban con vestidos y zapatos muy elegantes, con joyas que le parecían carísimas, a años luz de la gente que veía por la calle o en el edificio donde vivía su hermano, incluso a una buena distancia de los alumnos del campus. Se encontró a Hellen, fue muy simpática con él y besó a su ex.

El escritor se sintió incómodo escuchando cómo Ferran contaba que su hermano, allí presente, escribía en catalán y, a continuación, informaba de qué lengua se trataba. Una mujer madura, muy atractiva, se interesó por sus libros y él se notaba tan raro que le costaba hablar de ello. Sentía que cada una de sus obras ya eran pasado y la última, la que estaba presente en su interior, ni siquiera llevaba su nombre. El escritor le contó que había usado un seudónimo femenino para publicar la novela en una editorial de mujeres y que, en general, de ese libro se había destacado su sensibilidad. La mujer se rio. Tenía un amigo editor y pidió a Anton que le enviara la novela. Aquella conversación fue un bálsamo, pero, acabada la fiesta, Anton se sintió extenuado. Le faltaba fluidez en el idioma y no se encontraba cómodo en aquel ambiente donde era evidente que Ferran se movía como pez en el agua y aun ponía un punto de fanfarronería. Las mujeres se le acercaban continuamente y él se mostraba desenvuelto con cada una de ellas. Hellen no se quedó mucho rato.

A la vuelta, Anton le preguntó por una rubita, del estilo de Hellen aunque no tan espectacular, que había visto todo el rato cerca de él, pero resultó ser la mujer de un profesor que estaba en la fiesta. Entraron en el tema de la infidelidad y Ferran le contó que había sido la causa de la ruptura de su matrimonio.

—Es que me gustan todas, Anton, ¿a ti no?

Desde Sílvia no había habido nadie, aunque había echado de menos gozar del sexo y, algunos días, se había hecho la ilusión de iniciar una relación con un par de mujeres, le contó a su hermano.

—¿No te has sentido nunca un cabrón?

Después de decirlo, Ferran se rio, volvió la cara hacia Anton y continuó riendo.

—Ya entiendo que la muerte de Sílvia te ha dejado tocado. Aquí puedes encontrar mujeres ricas e interesantes. Subvencionarían tu creación y te abrirían puertas hasta donde ni siquiera imaginas. Pero debes mostrarte atrevido e ingenioso. ¿Por qué no te quedas?

—No me interesa.

—Pues has hablado con una mujer que, sola, tiene más dinero y poder que el resto de todos los que estaban en la fiesta juntos.

—Me ha pedido que le envíe mi último libro. Le ha hecho gracia que lo haya publicado con un seudónimo femenino.

—Supongo que lo harás.

—Entonces, ¿dentro de nada tendrás pareja...?

—Más o menos ya la tengo, ¡pero aún sin título!

Ferran se reía de nuevo.

—Pero esta vez no me juntaré ni me iré a vivir con ella. Ya he tenido bastante. Además, echo de menos a mis hijos.

—¿Hablas con Hellen?

—¡Sí! Ya lo has visto. Hemos quedado como amigos.

—¿No rectificaréis?

—Cuando se han dicho algunas palabras, no hay vuelta posible. Nos entendíamos bien, yo no puedo ser fiel y ella está dolida, pero es inteligente de verdad, sabe que no puedo serle fiel.

—¡Quizá un día habrá alguien que te convertirá!

—Pero mientras tanto...

Ferran se reía y Anton envidió de nuevo su manera de ser y también su manera de vivir. Sentía que él era más complicado, menos práctico.

El escritor cumplía con los artículos por la mañana, temprano. En la ciudad, temas no le faltaban. Su mente estaba casi continuamente en aceleración. Nada quieta. Solía coger el metro hasta alguno de los barrios que le recomendaba su hermano y paseaba por ellos. Visitó el Guggenheim, el MOMA y, acompañado de Ferran, el Cloisters. Por la tarde prefería explorar los alrededores. Solo, se entretenía distraído, miraba a la gente pasar desde un bar con un gran vaso de café desbravado entre las manos. El escritor tomaba notas dispersas sobre la gran ciudad y las pequeñas personas; quizá un día las utilizaría para la narrativa. Por el momento, nutría con todo ello los artículos de prensa que escribía. La novela sobre los orígenes de la fábrica le rondaba por la cabeza. Sabía que le exigiría una buena documentación y un punto de vista aún por descubrir. Por la noche, ambos hermanos cenaban juntos o con más gente.

Un día abrió el ejemplar de *El ángel extraviado*, que había llevado para Ferran y que se había quedado sobre una mesa. La historia, que reconocía palabra a palabra, frase a frase, le había vuelto a interesar. Cuando terminaba una página, llegaba a un punto y aparte, la cara de Sílvia estaba allí; se le hacía presente. Sus ojos negros, la línea peculiar del rostro, el escote, la risa, aquella boca. Con la infancia escasa, el enigma de la primera juventud, el presente con la enfermedad oculta.

También lo acompañaban de nuevo las horas difíciles, a menudo angustiantes, de él en Caldes. Aquella especie de expiación a la que se había sometido y de donde había salido con marcas. Había necesitado ayuda de su madre, de la biblioteca, de las pastillas de Vives, de la literatura que había leído y releído. Del ejercicio físico. Del libro que estaba escribiendo, sobre todo. Creía que salir adelante con él había sido el faro que lo había ayudado a avanzar hacia ese pequeño horizonte. Y que el libro, anclado en los cimientos del dolor de Sílvia y construido con los ladrillos de él como peón, había llegado al público porque cada persona que lo leía había hecho una cata del dolor de la protagonista y también del autor.

Ahora estaba seguro de que, si continuaba su faceta de escritor, desvincular su nombre de su obra sería un error, pero tenía una parte positiva. Sin darse cuenta, con ese acto se había impuesto una reflexión sobre las consecuencias de la creación. Sobre las mentiras que su nombre, mezclado con la cosa, suponía. La vanidad, el dinero, lo efímero de la mayoría de las creaciones en un universo en el que casi cualquier persona alfabetizada podía presentar su experiencia, su fantasía, en forma de palabras.

Su futuro como escritor era un interrogante para él. Los demás estaban convencidos de que continuaría tal y como había empezado. Escribiendo, publicando, escribiendo, publicando. Había una excepción. ¿No se adelantaba Montserrat a las decisiones de él desde que era pequeño y se metía donde nadie la llamaba? ¿Por qué Anton había comprado los apuntes para la asignatura pendiente de la carrera de Derecho?

Justamente ese día, en que el escritor había releído un ejemplar firmado por Anita Farben, recibió un correo de la editora. *El ángel extraviado* seguía teniendo suerte, le habían concedido el premio de la Crítica, pero la actriz había dicho que no iría a recibirlo. Había cumplido el contrato y también su ampliación, tenía trabajo en el teatro y quería recuperar su libertad.

Miren decía que deseaba verlo, había dicho «deseaba», sí. Le adelantaba que quizá era hora de afrontar la verdad y que fuera él quien recogiese el premio y diera públicamente sus razones para el seudónimo. Ella no pondría trabas porque se planteaba en serio abandonar el proyecto editorial que había mantenido hasta entonces. Sabía de su incomodidad y pesar. Le informaba de que su ex había dejado de importunarla sobre lo que había adivinado leyendo el libro. En parte, por fuerza mayor. Eduard había sufrido un grave accidente de coche y todavía estaba ingresado, pero ya antes habían acordado una tregua. Precisamente entonces, ella había continuado dando vueltas a la idea de cambiar la línea exclusivamente femenina de la editorial.

Desde que Montserrat había regresado a Cataluña, con las largas horas como excusa, Anton leía cada día un tema de los apuntes de la asignatura de Derecho. Aquel imponerse la concentración era una ganancia obtenida en el autoexilio de Caldes d'Estrac. Sílvia muerta. El esfuerzo entre aquellas paredes del apartamento que dejaban filtrar la humedad, el ambiente arisco de alrededor, con la mayoría de los vecinos ausentes, los perros ruidosos, la oscuridad que se imponía antes de las seis formando pareja con la niebla encima de las olas. Sílvia muerta. No había cumplido con el deseo de ella, que quería que fuera el escritor amigo quien terminase su novela. Todavía podía hacerlo y regalársela a Eduard o cargar para siempre con el peso de no haberlo hecho. Habría querido más precisiones sobre el accidente del editor. Lo mal que estaba. También le interesaba saber por qué Miren estaba ahora dispuesta a cambiar su proyecto editorial. Ya no veía en ella aquella mujer que respiraba seguridad en lo que hacía y en la elección de las personas. Sentía que ya no lo intimidaba. De repente, el escritor tenía ganas de volver a Barcelona.

12

En el buzón de su piso, encontró muchos folletos de publicidad y tres cartas de Ester Miliés. Tres. En Nueva York, el escritor no había abierto la mayoría de los correos. Como siempre, cerrar un paréntesis resultaba engañoso, trabajo atrasado. En buena medida, actividades caducadas. Pero abrió con interés esos tres sobres con la dirección escrita a mano y el sello encima. Lástima, las hojas de dentro eran de lo escrito en una pantalla de ordenador por Miliés, impresiones pulidas.

Leyó un alud de reflexiones generales de la estudiante sobre su voluntad de valorar a los escritores y, en particular, la admiración por la obra de Sílvia Cors, y no para examinarla. Unas breves disculpas dirigidas a Anton Bellart con un proyecto de trabajo sobre su trayectoria, que no leyó, una casi confesión escrita entre líneas que decía que, más que admirarlo, estaba enamorada. Rompió las hojas y se quedó uno de los sobres escritos de ese modo antiguo.

No tenía ningún interés en alardear de que alguien estudiaba su obra; con el trabajo sobre la narrativa de Sílvia, había entendido cómo se hacen las necrológicas, cómo los tópicos se convierten en conceptos y los errores de años se siguen repitiendo. Tampoco tiene tanta importancia, se dice el escritor, pero si él podía evitarlo... Aunque la persona que escribe hubiera profundizado mucho y quisiera desmentir errores y tópicos, se encontraría un grueso muro por derribar. Demasiado trabajo.

El encuentro con Miren Echevarria se produjo una mañana en un bar de al lado de donde él vivía antes. Había sido un lugar tranquilo y entonces ya no lo era. Pero habían podido hablar.

—Te veo mejor, Anton, te has cortado el pelo.

Se rieron. Él le preguntó por Eduard. Lo habían enterrado hacía dos días. Tragó saliva. Ella tenía los ojos tristes.

—No se despertó del coma. Un choque frontal con un camión volviendo de Pals.

—Estás afectada...

—Sí. Estaba harta de él; todavía se metía en mis cosas como si no nos hubiéramos separado hacía años, pero quizá lo puedas entender. Habíamos compartido enamoramiento, proyectos profesionales, hasta queríamos tener hijos...

Miren hizo una pausa y Anton esperó. ¿Le descubriría por fin lo que en otro tiempo le había obsesionado y que ella se había callado?

—Sílvia estaba embarazada, se lo quería ocultar a su madre, no podía seguir viviendo con ella. Además, no se veía con fuerzas para criar a la criatura sola, sin recursos..., pero tampoco quería abortar.

Eduard y ella se conocieron en un concurso literario de barrio, donde el editor acompañaba a un escritor suyo a hacer de presidente del jurado, contó.

—Ya sabes que le gustaba acompañar a los autores. Sabía mucho de abrir puertas y puertecitas. Sí, sé que después solía sacar rédito de su amabilidad. Sílvia había ganado el primer premio. Ya lo conocías..., casi seguro que ligó con ella esa misma noche después de invitarla a cenar con los miembros del jurado.

—¿Todavía estabais juntos?

—Sí. De hecho, yo me lo olí después de que me dijera que podíamos tener un hijo de una escritora embarazada que no lo podía criar.

—¿Creíste que era de él?

—No. Sabía que Eduard no podía tener hijos.

Me dijo que deberíamos ayudar económicamente a aquella chica y habría que hacer unas trampas que nos beneficiarían a nosotros, a la madre y creía que también al niño. Pero que no me preocupara; él se ocuparía de todo. Yo no lo veía nada claro, me inquietó, le dije que no me parecía bien. Me había hecho a la idea de no tener hijos. Pero ya sabes cómo era. Me presentó a Sílvia cuando ya la había instalado en un pequeño piso donde habían vivido sus padres y que no quería vender ni alquilar. Ella estaba atemorizada, era una chica vulnerable por entonces. Estaba dispuesta a todo para que el pequeño viviera y para poder vivir ella escribiendo. Ese sueño lo debes de haber conocido también...

—Y, entonces, ¿qué ocurrió?

—Lo que nadie esperaba, empezando por el médico que la llevaba. El niño nació muerto.

Miren había vuelto a hacer una pausa. Aquella expresión en suspenso le indicaba a Anton que estaba cansada.

—¿Qué hacíamos? Eduard, pese a la decepción, decidió que Sílvia se quedara en el piso y la hizo firmar un contrato para una novela. Una mensualidad durante un año y ella le entregaría la novela gratis. Yo estaba de acuerdo con la primera parte, pero no con la segunda... Quieras o no, esperar un niño nos había creado unas expectativas. Vivimos la desilusión por separado y, al final, la relación se desgastó mucho. Al cabo de un tiempo, él se paseaba con Sílvia Cors por la editorial como si fuera su pareja y yo no lo aguanté. Eso ya te lo había contado, saqué mi dinero, me fui de la editorial y pedí el divorcio. El orden en que lo hice puso furioso a Eduard, pero él se lo había buscado por la zafiedad con la que llevó las cosas, como si todo le viniese bien y lo que yo sintiera delante de los demás no le importara nada.

—¿Crees que ella era consciente de que la exhibía y que tú estabas presente?

—¡Quién sabe qué le había contado Eduard! No estoy segura. Pienso que en un principio ella estaba desorientada. Sé que tú la quisiste, tu último libro lo dice muy claro. Creo que ahora ya hemos hablado lo suficiente...

—Te lo agradezco y cuenta con mi discreción.

Él había tratado de entender aquellos hechos durante mucho tiempo, y le llegaban cuando ya no contaba con ellos y había perdido interés.

Miren tenía una reunión. Quedaron para cenar al cabo de una semana. Entonces hablarían de qué harían con el premio, si él se declaraba el autor y lo recogía o lo dejaban tal y como estaba. Ella tenía que contarle mejor ese cambio que preparaba en el trabajo.

—¿Has escrito? ¿Tienes una obra en perspectiva?

—Tengo una novela comenzada, he escrito poco.

Anton la había visto más delgada, elegante, juvenil. ¿Era una mujer que se cuidaba de manera habitual o lo había hecho especialmente aquella temporada? Sin embargo, la había notado menos segura y eso hacía que la sintiera más cerca de él.

Anton fue bien recibido por Òscar y encontró a su madre eufórica. El hecho de tener a ambos hijos lejos le provocaba inquietud y, al verlo bien y con buenas noticias de Ferran, no cabía en sí de alegría. Entraron en el despacho de su padre y Montserrat le hizo cerrar los ojos. Cuando Anton los abrió, se vio en la pintura al óleo de Sílvia Cors. Bruscamente, abrazó a su madre y la levantó del suelo. Cuando ella le contó cómo se habían conjurado ella y Lolín para comprárselo a Fèlix se rio mucho. El hermano de Sílvia era listo, pero tenía prisa por sacar pasta y por ahí lo habían cogido.

—Ya te digo que sin Lolín no lo habría conseguido y, aparte, nos lo pasamos más que bien. A ella le conviene, ya lo creo. Joan le da disgustos y veo que, además, acabará recogiendo al marido.

Una vez más, la atracción por aquella vida, la de Lolín, que podía ser un argumento muy suculento, había provocado un tintineo a su instinto de contador de historias. Aquella andaluza, con su marido y un hijo desaparecidos años enteros por voluntad propia o ajena, abocada al hijo menor, que había encontrado a una mujer con tanta o más personalidad que Lolín, vivía unos momentos bajísimos. El tercer hombre de casa, Joan, también se había marchado, y Lolín culpaba de todo a Ramona, la nuera, a la que consideraba una gran mentirosa. Isolda, la nieta, no era suficiente para calmarle la pena. Y ahora, para abonarlo un poco más, reaparecía el marido y le pedía un sitio a su lado.

Anton volvió a mirar el retrato que le había hecho Sílvia. No era que su persona luciera mucho. Era la imagen de un hombre tranquilo y corriente. La camisa de cuadros desabrochada, el pelo alborotado, la mirada..., pero se reconocía en una expresión peculiar. Una que podía leerse como: me da igual el mundo, pero tampoco me hago demasiadas ilusiones conmigo mismo.

Sílvia lo conocía bastante bien, mejor que él a ella. ¿Cómo podía conocerla si le había ocultado tantos hechos importantes? ¿Por qué no había tenido confianza en él? El agradecimiento de su amiga a Eduard estaba por encima de todo, ahora Anton podía entenderlo. Él pensó que «su» cuadro, al menos, demostraba que Sílvia lo tenía presente. Quizá quería regalárselo, aunque, precisamente porque lo conocía, podía tener miedo de que no se viera bien representado como un astro brillante sino como una estrella entre millones de otras. Anton se daba cuenta ahora de qué poco caso había hecho del arte de ella y pasó a la cuestión más general de cómo él, entonces, desperdiciaba su tiempo, yendo de aquí para allá para escuchar que era buen escritor, que era divertido, cómo manejaba el lenguaje, etc. Así se sentía bien; no era pecado, todo el mundo hace lo que puede, pero en su presente se sabía mezquino por no haber estado más atento a Sílvia. Ahora ya sabía que escuchar sus posibles cualidades como autor por boca de otros, los lectores, era temporal. Las voces se callarían y no podría seguir sintiéndose gratificado a través de ellas.

Últimamente le parecía que casi nadie leía con libertad. Solo lo hacían movidos por quién es la persona que ha escrito, si es alguien conocido, si sabe promocionarse. Ha leído las novelas de Robert Pontís una a una y cree que su obra tiene una trayectoria nítida y ascendente, su literatura tiene un poso profundamente humano, de todos los tiempos, como el de Antón Chéjov, como lo tienen las obras de Caterina Albert, algunas de las de Virginia Woolf... No puede digerir que las obras de este autor no tengan muchos lectores, pero quizá sea solo porque está convencido de que él, durante un tiempo, le arrancó el éxito de las manos, lo sometió con Eduard a la humillación de ir de segundo junto a alguien con un libro trivial como el suyo. Tan solo rebaja su inquietud el convencimiento de que cualquier mujer u hombre joven que ahora empiece haría lo mismo con él si se presentara a un concurso literario y lo ganara. Ha oído de obras de autores jóvenes bien valoradas, como lo fue él, y ha pensado cuánto les va a durar. Es un gran estreno, pero la sesión sigue. ¿Podrán vivir? ¿O su luz decrecerá inevitablemente hasta que, en el mejor de los casos, una circunstancia vuelva a encender un foco sobre una obra suya? Y si no llega a foco, quizá una luz corriente, o incluso una antigua vela, que ilumine de nuevo su arte de narrar debido a que sabe usar las palabras de todos de una forma particular. La circunstancia es a menudo la de la muerte del autor, como había pasado con Pontís, con Sílvia Cors.

De momento todavía tiene dinero por la fortuna de *El ángel extraviado*. Sin embargo, ¿y después? ¿Cómo y cuándo resistirá en el rincón de la tropa? Anton piensa que podría ayudar a los escritores a defenderse legalmente. Especializarse en derechos de autor. Ya hace días que, sin hablar con nadie, ha decidido examinarse de la asignatura que le falta para tener el título de abogado. No se ve evolucionando hacia un olvido desgarrador, hacia convertirse en una reliquia literaria de otro tiempo como ocupación exclusiva. Le da escalofríos hablar de su trayectoria, de su vida, para conseguir algo de protagonismo. Por su parte, además, sin tener la voluntad de mentir, no estaría seguro de decir toda la verdad. Detesta pensar que sus libros, y no sería el peor de los casos, puedan quedar embalsamados en un estudio, llenos de polvo, en una estantería o en un viejo mercado.

El escritor invitó a la editora a cenar en su piso. Tenía una abundante escalivada, regalo de su madre, y sabía cocinar salmón al horno, Alícia le había enseñado a preparar este plato. Compró una tarta de chocolate y cava.

Empezaron mal porque, si bien Anton al verla tan atractiva notó su cuerpo estremecerse, hablando del premio a *El ángel extraviado*, él le confesó que el seudónimo había funcionado y encontraba de mal gusto confesar que él era su autor. Ella era de la opinión de hacerlo público. Miren se había reído de la expresión «de mal gusto». ¿Cómo podía decir eso? Él la dejó en la sala sin responderle y fue a la cocina pensando que debían haber quedado a las diez, las nueve era demasiado pronto.

Cuando volvió con la escalivada puesta en forma de dos timbales con una capa de bacalao desmenuzado encima, abrió la botella de cava sin preguntar si a ella le apetecía. Miren bebió y él constató que su boca, entonces húmeda, le atraía más que nunca. Dio un trago y después, con la copa en la mano, una y otro se miraron sin decir nada. Anton se rio y ella fundió su carcajada con la de él. Siguieron bebiendo sin comer y sin hablar hasta que ella se acercó y él la besó. Cenaron a las doce después de dormir.

Años más tarde, Anton recordaría ese septiembre en que se sacó el título de abogado y se fue a vivir con Miren. Con los años, relacionaría siempre la desaparición de Eduard con la de Sílvia, aunque hubiera un tiempo intermedio. Le gustaba pensar que se había equivocado viéndolo como un rival. Ellos dos habían amado a las mismas mujeres, tenían mucho en común.

El trabajo en un bufete de abogados pasó por una situación inicial de empuje y curiosidad por su parte, seguida por una crisis debido a las dificultades crecientes y, en tercer lugar, la novedad y el aprendizaje se remansaron en un equilibrio duradero. Por último, se dedicó al Derecho Penal. ¡Qué nido de historias le pasaban por las manos allí y lo que costaba con palabras narrar tan solo una!

Anton Bellart trabajaba con otros, dentro de un equipo. Exponían los casos, opinaban uno a uno, decidían una estrategia. Cuando acababa el trabajo, apagaba el ordenador, la luz, y se iba a casa.

Miren había iniciado un sello para primeras obras de autores del país y de fuera. Cuando ella dudaba más de la cuenta si publicar o no un original, él colaboraba leyéndolo. Anton había avalado la primera novela de Ester Miliés, aunque no le parecía del todo exitosa. Se acordaba de haber sido bastante severo con ella y había querido compensarlo de forma anónima. Algunas tardes, sábados y domingos tranquilos, buscaba el documento en el que había iniciado, después de documentarse, la historia de la fábrica desde el inicio, pensando siempre en las relaciones entre padres e hijos, en el tema de la culpa. Añadía dos palabras, un párrafo, o bien revisaba la última pantalla escrita y quitaba unas líneas, cuatro palabras, ponía tres nuevas comas, borraba una. Se proponía investigar más a fondo el comienzo, sus antepasados.

Había un día, los ojos bien despiertos por fuera y por dentro, que escribía tres cuartos de una página o más de forma continuada, sabiendo que más adelante debería pasar por su propia criba, siempre confiando en que una palabra le trajera otra, aunque quizá más tarde suprimiera ambas. Tenía conciencia de que aquel era un nuevo inicio. Ahora sabía escribir mejor que cuando empezó, pero ya no hacía de escritor.